우리는
마음

오래된
마을

김용택 산문집

한겨레출판

자서(自序)

기적 같은 순정

삼십칠 명의 장정들과 삼십 칠 명의 아낙네들이

삼십칠 채의 지붕아래 식구들을 거느리고

오백년을 살았던 마을에

다섯 명의 노인 내외와 홀로 사는 어머니들의 밤은

이 세상에서 얼마나 멀고 얼마나 캄캄한가.

때로 적막이 마을을 덮는다.

버림받은 빈 집터, 허물어진 빈집의 부러진 서까래들,

묵어 산이 된 논과 밭 사이로

해와 달이 머물다 간다.

삼십칠 명의 장정과 삼십칠 명의 아낙네들과 그 식구들이

어기여차 올라를 가자, 저 산꼭대기 논에서

저 물결 와 닿는 강변 논까지

모를 다 내고

부서지는 달빛에 웃음을 실으며

징검다리를 건너

개구리 우는 마을로 돌아올 때가 있었다.

그렇게 하루의 노동이 산천과 함께 찬란하게 빛나던 때가 있었다.

그리 오래전의 일이 아니다.

나는 오래전부터 같이 먹고 일하면서 놀았던

진메 마을 사람들의 삶을 이야기해왔다.

절망의 끝이 늘 희망의 실마리에 닿아 있듯,

최첨단은 가장 오래된 가치에 닿아 있다.

가장 오래된 가치는 본래 있었던 것들이다.

가난하나, 따사로운 햇살과 싱그러운 바람을 매만지는 손이 있고,

그 아름다운 손으로 땅에 씨를 묻는 화사한 얼굴들이 아직도 세상을 지킨다.

그 오래된 작은 마을 사람들의 변하지 않은 공동체적인 삶이 인류의 미래다.

2009년 4월 진메 마을 어머니 곁에서

차례

1부

꾀꼬리 울음소리 듣고
참깨 난다

2부

봄날은 간다

1부

꾀꼬리 울음소리 듣고 참깨 난다

어떤 사람은 쟁기질을 잘하고, 어떤 사람은 지게를 잘 만들고, 어떤 사람은
삼을 잘 삼고, 어떤 사람은 짚신을 잘 만들고, 모내기철이나 바쁠 때는
주전자 들 힘만 있으면 아이들도 모두 집안일과 동네일에 힘을 보탰습니다.
몸이 불편한 사람은 정자나무 밑에 앉아 물가에서 노는 아이들을 지켰습니다.
정말 마을은 완전고용이 저절로 이루어진 사회였던 것입니다.
오죽하면 '바쁠 때는 작대기도 한 몫 한다'고 했을까요.

강가에서

이 산 저 산 꽃들이 한 차례 산과 들을 휩쓸고 지나갔습니다. 산천은 이제 연두색에서 초록으로 건너갑니다. 연두색에서 초록으로 건너가는 그 사이를 가르며 보라색 오동꽃이 피어나지요. 오동나무 오동꽃이 피어나는 산에 꾀꼬리가 울며 노랗게 솟으면 층층나무, 때죽나무, 이팝나무 같은 큰 나무에 하얀 꽃이 핍니다. 커다란 나무에 핀 하얀 초여름의 꽃들은 첫 산모의 고통을 통과한 여인처럼 성숙해 보이고 안정되어 보입니다. 이제 반성은 끝났습니다. 이제 지루한 녹음이 우리들의 머리 위에 드리워질 것입니다.

올해는 꽃들이 열흘 이상 앞서 피었다가 졌습니다. 섬진강에 매화꽃이 핀다고 온갖 난리(정말 매화꽃이 핀 곡성, 구례, 화개, 광양, 하동쪽에 가면 꽃이 '난리를 피운다'라는 말이 맞습니다.)들을 피우다가 구례 산동 산수유로 그 난리가 옮겨 붙더니, 이게 웬일인가요. 이 꽃 저 꽃 온갖 지초들이 그 시기를 앞당겨 한꺼번에 우우우 피어나는 것이 아닙니까. 벚꽃이 피고 산벚꽃이 피고 산복숭아꽃이 피고 그 사이사이에 진달래가 피며, 네가 먼저 피어라, 아니다, 나는 아직 필 때가 아니니 네가 먼저 피어라, 사양하고 권하며 이렇게 저렇게 어쩌고 저쩌고 그러면서 꽃들이 순서를 지키며 차례차례 피어나야 하는데, 무엇엔가 쫓기듯 다급하게 우우우 피어났지요. 꽃들이 그렇게 순서고 차례를 어기며 우우 피었다가 가버리는데, 이게 보통 일이 아닙니다. 날씨가 갑자기 무더워져서일 터인데, 꽃들이 하루나 이틀 동안만 피었다가 금세 또 우수수 져버리는 게 아닙니까.

이 산 저 산 산벚꽃이 여기 나 있었소, 여기 나 있었소, 하며 다문다문 피어나면 그래도 며칠간은 그 화사한 꽃이 산을 환하게 물들이며 사람들 속을 환장하게 뒤집어놓기도 하는데, 이건 아니었습니다. 해 저문 날, 산을 바라보며 "저 산벚꽃 좀 봐라!" 하고 일렀다가 그 이튿날 그 꽃을 산에서 찾으면 그냥 희미하게 지고 있었지요.

사람들이 꽃 볼 마음의 준비도 못했는데 꽃이 금세 지니, 꽃피고 지는 일이 아무리 허망하다 하나 이건 너무 허망한 일이 아닐 수 없습니다. 어제 본 꽃 오늘 찾는 눈길이 참말로 허망합니다. 내가 얼마 살지는 않았지만 이렇게 무질서하게 뒤죽박죽으로 꽃이 피고 잎이 핀 적은 없었습니다. 혼란스럽게 온 봄이 또 이렇게 도망치듯 서둘러 꽃잎을 털고, 대책도 없이 저리 황망하게 뜬 것은 기후 변화가 분명해 보입니다. 봄 날씨가 추웠다가 따뜻해졌다가, 그렇게 조금씩 조금씩 천천히 기온이 올라가야 하는데, 기온이 갑자기 올라가버리니 나무와 풀들이 그 변화에 재빨리 적응한 것이지요. 기후 변화에 민감하게 반응하고 그에 발 빠르게 대처하는 것이 자연 아닙니까. 사람들만 늘 더디게 뒷북을 치며 호들갑들을 떨지요. 아무튼 봄은 "날씨가 왜 저렇게 미쳤다냐?"라는 우리 어머니의 험한 말씀만 남기고 허망하게 떠났습니다.

내가 근무하는 작은 학교에는 유독 꽃들이 많이 피었습니다. 80년에 가까운 연륜을 자랑하는 벚나무의 꽃은 그 꽃빛이 정말 희고 탐스럽습니다. 그 꽃이 피었다가 지며 꽃잎들이 봄바람 따라 내가 앉아 있는 집 지붕을 넘어 날아오는 것을 보며 나는 감탄하고 감동했었지요. 그러나 허망합니다. 꽃들은 벌써 그 흔적도 없이 져버렸습니다. 거짓말 같지요. 생이 또한 그런 것 아니겠습니까. 우리가 사는 일이 이렇게 다 일장춘몽이 아닌가요. 열흘 가는 꽃 없다고 말들을 하지만, 우리는 늘 꽃 진 뒤에 그 뜻을 깨닫곤 합니다.

5월입니다. 강가에 다시 섰습니다. 강물을 다시 보기 위해서지요. 강물은 우리들의 삶을 그대로 반영합니다. 강물은 우리네 인생살이의 거울이지요. 강물이 흐리면 우리들의 삶이 흐리다는 증거고, 강물이 맑으면 우리들의 삶이 투명하고 맑다는 증거입니다. 강물이 죽으면 우리들이 죽고, 강물에서 고기들이 쫓겨나면 사람들도 강물에서 쫓겨날 날이 멀지 않았다는 증거지요. 내가 사는 마을 앞 강물이 소 탕 물(소 외양간에서 나오는 물)같이 갈색으로 변했습니다. 올 봄, 비가 오지 않아서 그렇겠지만, 강물에서 역한 냄새가 나고 고기들도 눈에 띄게 줄어들었습니다. 강물 속에 잠긴 바위들을 보고 있으면 바위 위에 쌓인 때 때문에 무섭고 겁나고 놀랍습니다.

산이 강을 두고 가지 않은 것처럼, 나는 강을 두고 간 적이 없었습니다. 징검다리 징검돌에 앉아 빨래하는 어머니 등에 업혀 흘러오는 강물을 바라보고, 흐르는 강물에 손발을 담근 이래 나는 강물을 떠나지 않았습니다. 내 일생은 눈을 뜨면 늘 강물이었지요. 내가 사는 집 마루에 앉아도 누워도 강물은 보입니다. 내가 근무하는 학교에서도 자리에서 일어서면 늘 강물이었습니다. 잠을 잘 때도 늘 물소리가 내 귓가를 떠나지 않았습니다. 저문 물은 부산하고, 새벽 물소리는 조용했으며, 아침 물소리는 서서히 깨어나 세상으로 돌아왔습니다. 나는 그 강물을 따라 살았지요. 어디 가서 잠을 자든 그 강물은 내 머리맡에서 흐릅니다. 그곳이 어디든 잠을 자다가 조금만 마음을 모으고 귀를 기울이면 금세 강물 소리가 마음속으로 흘러 들어오지요. 서울을 가도, 미국을 가도 내 뒤에는 늘 그렇게 강을 거느린 앞산이 따라옵니다.

　내가 사는 마을 산과 강은, 그리고 거기 사는 오래된 마을 사람들은 그렇게 내 몸과 같습니다. 내 육체는 마을 흙으로 빚어졌고, 내 피는 그 강물입니다. 내 노래는 그 강가에 사는 사람들의 일과 놀이 속에서 그들의 입을 통해 세상에 나왔습니다. 내 핏줄은 그 강물로 이어져 있어 그 강물이 아프면 내가 아프고 그 땅이 아프면 내 몸이 아픕니다. 그 강물이 울면 나는 강물을 뒤로하고 돌아앉아 산을 안고 울었지요. 고향을 떠나야 할 일이 나에게는 없었습니다. 내 직업이 그러하였고, 급격한 변화를 싫어하는 농경사회의 정서가 몸에 밴 내 일생이 또 그러했습니다.

　흘러오고 흘러가는 그 강 길은 옛길이나, 사람들은 떠나가고 또 죽고, 강물은 죽어가고, 고기들은 강을 떠났습니다. 어느 날 10여 년 전에 찍은 동네 어른들 사진을 보았는데, 많은 어른들이 돌아가셨습니다. 아침에 어머니와 밥을 먹으며 동네 사람들이 모두 28명이라고 했더니, 남은 사람들도 서너 명 빼고는 성한 사람이 없다고 하시며 "동네가 다 망해부렀다"고 하십니다. 강변에는 찔레꽃이 하얗게 피었다가 집니다.

　해 지면 산그늘 아래 파르르 살아나는 검푸른 풀빛이 늘 나를 긴장시켰지요. 산과 산, 나무와 나무, 풀잎과 풀잎들이 서로 팽팽하게 맞섰지요. 나는 이때를 못 견뎌했습니다. 그리하여 나는 땅거미가 밀려오는 어둠을 견디지 못해 산과 강변을 헤매곤 했습니다. 그러다가 어둠이 짙게 밀려오면 모든 사물들이 편안해집니다. 그러면 나도 마음이 가라앉아 집으로 돌아와 내 방에 불을 밝혔습니다.

강물은 늘 자기가 거느린 모든 것들을 강물로 다 불러들여 흐르게 합니다. 나도 강물을 따라 얼마나 흘렀던지……. 내 글이 내 나라 내 산천에 저 강물처럼 굽이치며 하얗게 부서지고, 산굽이를 힘껏 들이받으며 외치고, 작은 자갈들을 돌아서 희고 고운 모래 위를 흐르며, 그렇게 흐르는 강물처럼 격정적이고 또 유유하고 자적하기를 바라며 살았습니다.

지금 강변엔 짙은 남청색 붓꽃이 한창입니다. 붓꽃이 활짝 피기 전 그 붓끝 같은 붓꽃을 뽑아 침을 묻혀 바위에 내 이름을 쓰던 생각이 납니다.

꽃 봐라! 저 꽃 봐라!

매화꽃 피면
그대 오신다고 하기에
매화더러 피지 말라고 했지요
그냥, 지금처럼
피우려고만 하라고요

　며칠 전 섬진강 하동 부근에 사는 어떤 여인의 편지를 받고 써본 시 〈그리움〉입니다. 꽃이 피어버리면 내 님이 오셨다가 쉬이 가버리니, 기다리는 마음으로 봄을 보내게 해달라는 연인의 노랩니다. 그렇습니다. 섬진강의 꽃 소식은 찬바람, 찬 물결 위에 어리는 임의 얼굴같이 서늘한 매화꽃으로부터 옵니다.

섬진강에 매화꽃은 '핀다'기보다 '흐드러진다'고 해야 맞는 말입니다. 섬진강 하류는 강 건너와 이 건너의 도가 다릅니다. 화개나루를 건너면 전라남도 구례와 광양이고, 화개장터가 있는 곳은 경상남도입니다. 화개장터에서 하동까지의 길을 사람들은 '하동포구 칠십 리'라고 합니다. 봄, 봄, 봄이 오면, 강물이 봄을 실어 세상을 적시면, 화개장터 건너 구례에서 광양시 다압까지 수십 리 길, 집집마다 골짜기마다 큰 애기 속살 같은 매화가 화사하게 피어나지요.

강 이쪽과 강 저쪽 산자락의 강 언덕에 꽃, 꽃, 환장하게 매화꽃입니다. 층층이 산을 타고 오르는 작은 다랑이논과 논 사이에 코끼리 몸뚱이보다 크고 검은 바위들을 배경으로 하얗게 피어 있는 매화, 강 언덕 푸른 강물과 흰 모래 깔린 강변을 배경으로 피어 있는 매화 꽃, 꽃, 꽃, 이 환장한 봄날의 매화꽃. 바람이라도 불어보라지, 바람에 날리는 흰 꽃 이파리들을 보며 어찌 인생을, 사랑을 노래하지 않고 견디겠습니까. 어찌 환장하지 않겠습니까. 어찌 홀로 저 꽃들을 다 견디어낸단 말입니까.

섬진강에 어찌 매화뿐인가요. 매화가 질 둥 말 둥 하면 산동 고을에 샛노란 산수유꽃 피고, 산수유꽃 지고 나면 산마다 골짜기마다 연분홍 진달래요, 새하얀 물싸리꽃이요, 허어, 저것 봐라, 저 산에 산벚꽃이요, 골짜기를 타고 오르며 배꽃이요, 사과꽃입니다. 한 꽃이 피었다가 여기서 지면 다른 꽃이 저기서 피고 집니다. 섬진강 꽃들은 그렇게 사람들을 정신 차리지 못하게 합니다.

내가 말을 하기 전에도 꽃은 피고, 내가 "꽃이다! 꽃 봐라! 저 꽃 좀 봐라!"라는 말을 하고 나서도 꽃은 핍니다. 생각을 하기도 전에 꽃은 저기서 피고, 생각 속에서도 꽃은 피고, 생각을 하고 나서도 저기 저 강 언덕에 꽃은 핍니다.

저것 봐라! 저 마을 복판에 느닷없이 피어 있는 산수유꽃 보아라! 아! 꽃 사태다. 마을마다 집집이 울 너머 꽃 사태다. 저 환장하게 눈부신 봄날의 저 꽃들도 꽃이지만 섬진강 악양(岳陽) 벌판의 푸른 보리들은 또 어찌할꼬. 몸살 나겠네. 바람나겠네.

그러하니, 어찌 꽃 보고 지금 빨리 꽃피우라고 닦달해서 임을 부르겠습니까. 싱숭생숭 임 기다리는 그 기다림, 그 그리움을 견디는 게 차라리 낫지요.

사람들아! 매화꽃 이파리들이 하얀 눈송이처럼 날리는 봄날에 섬진강 강가에 서서 사랑하는 사람의 이름을 불러는 보았는지. 사람 사는 일이 대관절 그 무엇이기에 한 사람이 세상에 태어나 살면 몇백 년을 산다고 그리 부질없는 몸짓들을 하는지. 인간들의 탐욕으로

죽어가는 사람들과 땅과 하늘, 문명의 탈을 쓴 이 야만의 시대여! 불쌍하고 불쌍하도다. 꽃 피고 지는 일 한낱 봄날의 꿈이라네. 우리 세상사는 피었다가 지는 저 꽃같이 한순간이라네. 그대들이 짊어진 그 무거운 짐들, 저 매화나무 아래에 다 부려라. 꽃잎 뜬 강물에 그대를 띄우고, "매화야! 매화야! 섬진강에 피고 지는 매화야." 그렇게 한번 속으로 매화를 불러보라.

꽃을 그리려 하지 말고, 꽃을 사진 찍지 말고, 마음에 그리고 마음에 담아라. 그러면, 그렇게 하면 그대들 마음 어느 구석에서 화사한 홍매 한 송이 벙글어지며 피어날지 누가 알겠는가. 꽃피고 새가 우는 이 좋은 봄날에 피고 지는 꽃 한 송이 없다면 이 봄이 어찌 봄이고, 내 가슴에 흩날릴 꽃잎 하나 없다면 이생이 어찌 이 생이겠는가.

폐계

강추위가 와도 강물은 얼지 않았다.

강추위가 와도 강물이 얼지 않은 것은 강물이 오염되었기 때문
이라며

비 쌍피로 비 띠를 때리며 큰집 형님은 이러면 손핸디, 하며 패
를 거두어간다.

벌써 7피다.

뒷산 밤나무에는 익지 않은 밤송이들이 떨어지지 않고 웅숭그
린 새들처럼 산그늘 속에 매달려 겨울을 지내고 있다.

광을 판 이웃 동네 내 동갑내기는 바지춤을 추키며

이런 니기미 좆도 겁나게 추어부네 니미럴, 어치고 되얏서 시

방, 입에다가 욕을 달고

으으으 몸서리를 치며 패 없는 자리에 앉는다.

잔돈이 한쪽으로 몰리고

한쪽이 죽은 열이레 달이 떠오른다.

아버님이 돌아가신 그 날 아침 강물이 꽝꽝 얼었었다.

어찌나 추웠던지 얼음장 금가는 소리가

아침까지 산을 울렸고 강기슭이 밤 새워 운 어머니 입술처럼 하얗게 부르텄었다.

제사상을 차리고, 영정 속의 잘 생긴 아버지는 약간 불만스러운 얼굴이지만 여전히 젊다.

형님이 술을 따른다. 술잔을 올려놓고 아버지를 생각한다.

나 죽으면 국수를 제사상에 차려 놓거라. 아버지의 별명은 국수 일곱 그릇이었다.

잔치 집에 가서 국수를 일곱 그릇이나 잡수셨다고 했다.

설이 가까운 아버님의 기일에 동생들은 오지 않는다.

군산 사는 작은누이, 그 아들 둘, 나, 내 아내, 딸, 그리고 큰집 형님만 절을 한다.

달이 밝다. 허물어진 담과 지붕 위에 달빛이 누추하다.

오랫동안 나는 강에 가지 않았다.

큰집에서는 결정적일 때 또 누가 싼 모양이다. 어어! 고함소리가 지붕 위로 솟는다.

  강추위가 귀때기를 베어가게 추워도 강물은 얼지 않는다. 아침
이 오려면 아직도 멀었는데

  돌아눕고 돌아눕는다.

  외풍으로 코끝이 차다. 아버님은 헛기침을 하시며

  뒷산을 오르시다가, 달빛 아래 우리 집을 한번 돌아다본다.

  빈 집터 닭장에서

  목이 쉰

  폐계(廢鷄)가 운다.

– 나의 시 〈폐계〉 전문

한 가지 기억

  학교 회비를 내지 않았다는 방이 교문 앞 게시판에 붙은 지 3일째
다. 오늘은 학교에 가자마자 집으로 돌려보내졌다. 지난주에 집에
갈 차비를 가져오지 않았기 때문에 나는 걸어서 집에까지 가야 한
다. 길은 자갈길 14킬로다. 날은 더웠다. 길을 나서서 내가 걸어야
할 길을 바라보니, 집으로 가는 길이 굽이굽이 하얗게 멀리 아득하
다. 저 멀고 먼 길을 나는 나 혼자 걸어가야 한다. 어쩔 수 없다. 걷자.

하얀 자갈길에 불볕이 이글거리고 길은 팍팍하다. 1킬로도 가지 않아서 이마에 땀이 솟고 속옷을 입지 않아서인지 교복이 땀에 젖어 자꾸 몸에 달라붙는다. 집에 가봐야 돈이 없을 텐데……. 주저앉고 싶고 학교로 되돌아가고 싶다. 미루나무에 둘러싸인 학교가 멀리 보인다. 논과 밭에서는 사람들이 보리를 베고 모를 내고 있다. 보리 베고 모내는 철이다. 하얀 찔레꽃 덤불들이 유월의 햇살 아래 더욱 희다. 평지를 두 시간쯤 걸었다. 이제 비탈길을 걸어 올라가야 한다. 날은 훅훅 찌고, 자꾸 숨이 턱에 찬다. 이 비탈길이 갈재다. 갈재 몰랑에 올라서서 걸어온 길을 되돌아본다. 까마득한 곳에 순창읍이 희미하다. 들판 여기저기서 보릿대 태우는 연기가 솟고 있다. 땀으로 옷이 다 젖었다. 얼굴에 흐르는 땀을 닦으면 손에 먼지가 서걱거린다.

남은 길을 본다. 이제 저 산 너머가 우리 마을이다. 신작로로 멀리 돌아가지 않고 전쟁 때 죽은 빨치산들을 묻었다는 '공동산'이라는 재를 넘는 지름길로 들어섰다. 공동산 산꼭대기에 올라서자 멀리 우리 동네를 휘돌아가는 물굽이가 보인다. 우리 동네 사람들도 곳곳에서 보리를 베고 있다. 집이 가까워올수록 나의 발길은 무겁고 겁이 난다.

동네에 들어서니, 사람들이 땀을 뻘뻘 흘리며 학교에서 돌아오는 나의 겁먹은 얼굴을 보며 허리를 펴고 서서 나에게 무슨 말들인가를 한다. 공일도 아닌데 왜 집에 오느냐는 말일 것이다. 동네와 강물이 내려다보이는 마을 뒷산에 다다랐다. 회색으로 변한 초가지붕들이 납작하게 엎드려 뜨거운 햇볕을 받고 있다. 강 건너에 있는 우리 밭이 보였다. 어머니와 아버지가 보리를 베고 있는 모습이 보였다. 아버지가 조금 앞서 있었다. 나는 가슴이 두근거렸다. 답답했다.

집을 들르지 않고 징검다리를 건넜다. 해는 한낮이 조금 지나 있었다. 징검다리를 건너면 바로 우리 밭이다. 어머니와 아버지는 밭 가운데에서 보리를 베고 있었다. 나는 밭 가에 서서 어머니를 불렀다. 몇 번 불러도 어머니와 아버지는 보리 베어지는 소리 때문에 내 목소리를 듣지 못했는지 일손을 멈추지 않았다. 나는 베어 눕혀놓은 보리들을 밟지 않으려는 조심스러운 발걸음으로 어머니에게 다가갔다. 그리고 어머니를 다시 불렀다. 그때서야 어머니와 아버지가 동시에 고개를 들었다. 나를 본 어머니가 일손을 뚝 멈추고 일어섰다. 한 손에는 낫이, 한 손에는 보리가 쥐어져 있었다. 어머니가 놀란 표정으로 무슨 일이냐고 물었다. 나는 고개를 숙이고 자갈들이 많은 가문 맨땅을 차며 회비 이야기를 했다.

아버지는 무슨 말인지 알아들었는지 아니면 내 말을 못 들었는지 아무 말 없이 다시 허리를 굽혀 보리를 베기 시작했다. 아버지 쪽에서 보리들이 조금씩 움직이고 보리 위로 드러난 아버지의 구멍 난 러닝샤스 사이로 붉게 탄 허릿가 살이 보였다. 타닥타닥 보리 베는 소리가 들렸다. 어머니는 머리에 쓴 수건을 벗더니 땀을 닦고 옷의

먼지를 툴툴 털면서 "가자!" 하며 앞서 밭을 걸어 나갔다. 나는 고개를 숙이고 어머니 뒤를 따랐다. 징검다리에 이르자 어머니는 징검다리에 서서 강물로 얼굴을 씻었다. 검게 탄 얼굴이 땀 때문에 상기되어 평소보다 하얗게 보였다. 얼굴을 씻었어도 어머니 이마에는 금방 땀방울이 송골송골 맺혔다. 땀방울들이 투명해 보였다.

집으로 들어선 어머니는 어디선가 보리를 한 줌 들고 나오더니, 마당과 앞 텃논에서 놀고 있는 우리 집 닭들을 구구구구 불러들였다. 보리들이 마당에 툭툭 떨어지고 어머니의 부르는 소리가 들리자, 닭들이 마당으로 후두두두 날개를 펴고 달려 들어왔다. 어머니는 닭을 천천히 부르며 닭장 안으로 보리를 흩뿌렸다. 벌건 대낮인데도 닭들은 보리알을 따라 닭장 안으로 들어갔다. 닭들이 어느 정도 닭장 안으로 들어가자, 어머니는 닭장 문을 닫고 망태를 들고 오더니 다시 닭장 문을 열고 닭들을 한 마리씩 잡아 망태에 담기 시작했다.

"가자."

어머니가 앞장을 서셨다. 차 타는 곳까지 30분을 걸어야 한다. 들길을 지나고 마을을 지났다. 차를 타고 갈담 장으로 갔다. 점심때가 지났어도 장에는 사람들이 많았다. 염소나 닭이나 오리나 강아지를 파는 장 한쪽 구석으로 갔다. 영계들은 금방 팔렸다. 어머니는 회비하고 내가 순창으로 갈 차비를 주었다. 닭 판 돈은 그 돈이 전부였다.

"어매는 어치고 헐라고?"

나는 그때야 처음으로 말을 했다.

"나는 걸어갈란다."

나는 가슴이 꽉 메어왔다. 어머니는 빈 망태를 메고 땀을 뻘뻘 흘리고 서 있었다.

"차 간다. 어서 가거라."

나는 차를 탔다. 내가 차에 오르자 어머니는 돌아보지도 않고 집으로 가는 신작로 길로 들어섰다. 나는 돈을 꼭 쥐고 있었다. 한참 후에 차가 움직였다. 차가 차부를 벗어나 조금 가니, 저기 조그마한 어머니가 뙤약볕 속을 부지런히 걷고 있었다. 내가 탄 차가 지나가자 어머니가 고개를 들어 차를 올려다보았다. 나는 돈을 꼭 쥔 주먹을 흔들었다. 어머니가 나를 바라보았다. 눈물이 앞을 가렸다. 먼지 낀 유리창이 더 흐려 보였다. 앞 의자 뒤에 얼굴을 묻고 어깨를 들먹이며 나는 울었다. 아무 말도 하지 않고 보리만 베던 아버지 모습이 눈물 속에 어른거렸다. 눈물을 훔치고 고개를 들어 차 뒤꽁무니를 바라보았다. 어머니가 뿌얀 먼지 속에서 자갈을 잘못 디뎠는지 몸이 비틀거렸다.

아! 어머니. 나는 돈을 꼭 쥐었다.

점심을 굶은 어머니는 뙤약볕이 내리쬐는 시오리 신작로 길을 또 걸어야 한다.

어머니와의 농담

　아침에 학교에 와 창문을 열고 방청소를 하고 앉아 있으니 향긋한 냄새가 솔솔 내 코를 자극합니다. 코를 킁킁거리며 이게 무슨 냄새지?, 하고 유리창 밖을 보았더니 학교 울타리에 찔레꽃이 피어 있었습니다. 찔레꽃은 흰색이지요. 진초록으로 물들어가는 다른 나뭇잎들 속에 하얗게 피어 있는 찔레꽃은 어쩐지 수줍어 보입니다. 아직 연두색을 벗어나지 못한 감잎이 초록의 숲속에서 약간 도드라져 보입니다.

　쉬는 시간에 마을 쪽을 바라보며 손 운동, 허리운동을 하고 있는데 어디선가 아주 작은 소리로 나무를 쪼는 둔탁한 소리가 들려서 머리 위의 벗나무가지를 올려다보았더니, 아주 작은 딱따구리 한 마리가 벗나무를 쪼고 있었습니다. 탁탁탁 나무를 쪼는 모습을 가까이에서 보니 참으로 신기합니다. 딱따구리는 나무를 타고 한 바퀴 빙빙 돌면서 나무를 쪼더니, 나무 쪼는 일을 멈추고 문득 나를 바라봅니다. 내 눈과 딱따구리의 눈이 딱 마주쳤습니다. 당황한 딱따구리가 푸드득 날아갑니다. 딱따구리가 날아가자, 학교 바로 밑에 사는 할머니가 올라오셔서 강 건너 다리 놓고 길 내는 것을 바라보시더니, 저놈들이 우리 논 다 가져갔다며 길을 내는 데 들어간 논이나 밭 때문에 이제 촌은 더 못 산다고 큰소리로 말합니다. 나는 이제 늙어서 죽지만 앞으로 자랄 자식들이 걱정이랍니다. 조것들이 촌사람은 아무렇게나 되어도 되는지, 그냥 아무 곳이나 길을 내고 지랄들을 한대요. 그러자 그 옆에 있던 그 동네 어른이 "농촌은 다 죽어부렀어, 시방. 언제부터 그랬가니." 합니다.

학교 끝나고 집에 갔더니 어머니는 벌을 보고 있었습니다. 뒷집 빈터 마당 매화나무 밑에는 분봉한 벌을 세 통 받아놓았어요. 모기장으로 만든 망을 씌워놓았는데 벌들이 망 속에서 윙윙거렸습니다. 샘 위 매화나무 밑에도 벌 한 통을 망 속에 잡아 가두어두고 있었습니다. 종길이 아제는 정수네 집 마당 커다란 호두나무 위에서 벌을 내리고 있었습니다. 벌을 받은 벌집에 끈을 맨 다음 높은 곳에 매달아놓으면 분봉한 벌이 그 집으로 붙어요. 그러면 높은 나무 위로 올라가지 않고도 도르래를 이용하는 것처럼 끈을 살살 내려서 벌을 쉽게 내릴 수 있습니다. 아제가 그렇게 엉케텅케 뭉친 벌을 높은 곳에서 살살 내리고 있는 모습이 참으로 신기했습니다. 내가 그 모습을 보며 웃자 어머니는 늘 하시던 말씀을 하십니다.

"멍청할수록 꾀가 많아야 혀."

점심은 큰집에서 먹었습니다. 아침에도 전주에서 일찍 와서 큰집에서 밥을 먹었지요. 형수님이 누룽지를 주길래 내가 용돈을 조금 주었습니다. 형수님은 내가 그렇게 돈을 조금씩 주면 아주 좋아합니다. 점심은 어머니랑 나랑 형수님이랑 만조 형님이랑 같이 먹었지요. 큰집 음식은 늘 푸지고 맛이 있습니다. 수남이 누님도 그랬고, 큰어머니가 끓인 닭국이나, 개장국이나, 미꾸라지로 끓인 추어탕은 정말 맛이 있었지요. 뜨거운 여름, 이글이글 장작불을 때서 온 집안사람들이 다 먹을 국을 끓이시던 큰어머니가 생각납니다. 큰아버지, 만조 형님, 수남이 누님들이 다 생각이 나네요. 제사 때면 아버지의 형제들과 우리들의 사촌형제들이 북적북적 여기저기 흩어져 밥을 먹고 떡을 먹던 일들이 생각납니다. 오늘은 젖이 축 처진 큰어머니가 장작불을 거두어 넣는 모습이 눈에 가득 고여옵니다.

오늘도 고사리 넣고, 조기 넣고 지진 조기 국이 아주 맛있었습니다. 큰집 냄새가 났어요. 햇고사리를 건져 먹는 맛이 그만이었습니다. 어머니도 형수님도 만조 형님도 나도 조기고기는 안 먹고 고사리만 건져 먹었습니다. 나중에는 국물만 남아 국물을 떠먹었더니, 국물 맛도 그만이었습니다. 저녁에는 국수를 끓여 먹는답니다. 밥을 먹으며 내가 우리 동네에서 벌을 몇 집이나 키우냐니까, 어머니, 형수님, 형님이 똑같이 열두 집이라고 말합니다. 벌을 안 키우는 집은 두 집이래요. 내가 "그러면 우리 동네 가구 수가 모두 열네 집이구만." 하니, "아하, 그렇구나. 그렇게 동네 가구 수를 세니 간단하네." 합니다.

한수 형님네가 올해 벌 새끼를 제일 많이 낳았답니다. 한 30통 낳았대요. 큰집도, 이장네도 아마 그 정도는 낳았나 봐요. 동네에서 큰집하고 한수 형님네 집에 벌이 제일 많답니다. 우리 동네는 벌을 키워 많은 빚들을 다 갚고 그리고 조금씩이라도 현금을 갖고 있대요. 벌이 아니었으면 어림도 없지, 하며 형님네 집은 벌로 1년에 1천 만원 정도 번대요. 다른 집들도 아마 그렇게는 벌지 못해도 가을이면 현금을 얼마씩이라도 손에 쥐나 봐요. 오래전에 남원에서 벌을 키우러 들어온 사람 덕에 우리 동네는 벌들을 키우기 시작했지요. 그 사람에게 피해를 본 사람도 있지만 동네 사람들은 그 사람 덕에 동네가 빚 없이 잘 살게 되었다고 고마워해요. 타 동네 사람이 우리 동네에 들어와 우리 동네에 피해를 주지 않고 간 게 여간 다행한 일이 아니지요. 흔히 타 동네 사람들이 들어오면 순진한 사람들을 꼬드겨 이리저리 이렇게 저렇게 피해를 주고 줄행랑을 치는데, 아마 두 집인가만 그 사람에게 보증을 잘못 서서 조금 피해를 본 모양입니다.

지금 한창 모내기철이에요. 찔레꽃이 피면 모내기가 시작되잖아요. 옛날엔 소들이 벌겋게 들판에서 쟁기질을 했는데, 그리고 소를 모는 농부들의 소리가 쩌렁쩌렁 들판을 울렸는데 지금은 경운기 소리가 요란합니다. 언제 논에 저렇게 물을 잡고 골라놓았는가 하다 보면, 금방 모를 때우고 있어요. 눈 깜짝할 사이에 논에 모가 심어져 버립니다. 우리 집 앞에 있는 큰집 텃논도, 내가 학교 갔다 오니 논에 물이 방방해요. 옛날 같으면 비가 와야 물이 논에 차는데 지금은 논 가에 세워진 전봇대에서 스위치만 넣으면 금방 물이 콸콸 쏟아집니다.

나는 냇물이 논으로 빨려 들어오는 모양을 한참이나 바라보았습니다. 아래 논으로 물이 떨어지는 물꼬도 오래 바라봅니다.

점심을 먹고 잠이 실실 와서 방에 드러누웠는데, 잠이 들라고 하면 한수 형님 목소리가 크게 들리고, 또 잠이 들 만하면 온갖 새소리들이 들리고, 그놈의 새소리들이 나를 에워싸고 있는 것 같아요. 그 새소리 중에 '짓고 살지, 짓고 살지' 하는 새 울음소리도 있습니다. 자기 집을 빼앗아갔기 때문에 그렇게 운대요. 그 새는 크게도 울어요. 잠이 사르르 들라고 하면 만조 형님이 논두렁 붙이는 팽이질 소리가 들리고, 또 깜박 잠이 들라고 하면 어머니가 쿵쿵쿵 뚤방(마당과 마루 또는 방 사이의 경계를 일컫는 전라도 사투리)을 지나가시며 큰 소리로 어디다 대고 무슨 말을 합니다. 조금 자는 둥 마는 둥 하다가 '에라 일어나자.' 하고 마당으로 나왔습니다. 한수 형님은 텃논에서 호미를 챙기며 "아갸, 금방 여그 있던 노끈이 어리로 갔다냐? 아까

용택이 어매가 그 끈을 보고 뱀인지 알고 놀라더니, 어디다 던져부렸다냐?" 하며 말끝에 꼭 욕을 답니다. 큰집 마늘밭에서는 형수, 이환이 아줌마, 어머니, 한수 형님과 형수가 마늘 종지를 뽑으며 무지시끄럽게 합니다.

산은 높게 푸르지요. 앞산 아래 강가에 찔레꽃은 피어 만발하지요. 저놈의 꾀꼬리는 "덕치 조서방 삼 년 묵은 술값 내놔." 하며 울지요. 참새들은 새끼를 낳아놓았는지 지붕 위에서 지랄들을 하지요. 한수 형님 욕 소리는 크지요. 우리 동네는 지금 한창 바쁩니다. 조촐하지만, 그리고 너무 세상 속에서 미미하지만 나름대로 일 년 중 가장 동네답게 시끌벅적할 때입니다. 내가 일어난 것을 보고 어머니는 집으로 들어와 지난 설 때 만들어놓은 쑥떡을 줍니다. 사람들이 왜 그렇게 말들을 크게 하냐니까, 모두 조금씩 귀가 먹어서 그렇대요. 그러면서 "나도 인자 귀가 잘 안 들린다"고 합니다.

어머니 귀 말이 나왔으니까 말인데요, 안사람이 언젠가부터 어머니하고 전화로 농담을 할 수가 없다며 어머니와 전화를 하다 끊고 주저앉아 운 적이 있었어요. 안사람 이야기를 듣고 나도 울었다니까요. 처음에는 이게 아닌데, 아닌데, 하다가 어머니가 가는귀를 먹은 것이 확인되자 안사람이 며칠 동안 어머니 이야기를 하며 울었지요. 어머니가 부엌에서 무슨 일을 하고 있을 때 마당에서 내가 무엇을 물어보아도 부엌이 조용해요. 어느 날은 마당 끝에서 내가 무엇에 대해 물었지만 어머니가 자꾸 되물어서 바짝 다가가 말을 했더니, 어머니께서 "내가 말이 잘 안 들린다. 가는귀가 먹었는가 보다." 해서 안사람 농담 이야기를 했더니 어머니께서 금방 눈가가 붉어집니다. 나도 하마터면 크게 어머니를 부르며 울 뻔했어요.

동네 사람들이 다 노인이 된 거지요. 모두들 노인들이 되어 저렇게 새소리, 차 지나가는 소리들을 들으며 크게 고함을 지르듯 이야기를 하는 것입니다. 내가 보청기를 하자고 하니까 두 손을 휘두릅니다. "아니다, 늙으면 세상 소리 다 들을 필요 없다"고 하십니다. 몸과 마음이 따라가지 못하는데 세상 소리 다 들어서 어디다 쓰겠냐는 것이지요. 괜히 속만 상하고 마음만 수선스럽다는 것이지요. 어머니는 성한 사람이 동네에 하나도 없다고 하시며 논농사를 짓는 집이 네 집뿐이라고 합니다.

날이 꾸무럭거리고 흐리네요. 아마 비가 올라나 봐요. 비가 조금 오면 좋겠네요. 나무도 풀도 꽃들도 논과 밭도, 하늘을 나는 새들도 비가 오면 좋아하겠지요. 학교에 갈 일이 있어 차를 타고 회관을 돌아 나오며 징검다리 있는 곳을 바라보았더니, 하얀 학이 날개를 파닥거리며 강물 가까이 날아 내려 물속으로 머리를 재빠르게 집어넣고 하얀 물고기 한 마리를 단박에 잡아 입에 물고 고개를 끄덕이며 삼키네요. 연초록 푸른 산과 그 색을 닮은 강물 속에서 물고기를 재빨리 잡아내는 하얀 학의 모습은 어떻든 우아하네요.

쑥떡

　퇴근해서 밥 먹고(밥을 큰집에서 먹었나 아니면 우리 집에서 먹었나
모르겠네. 아 참, 내 정신 좀 봐, 오늘 저녁은 내가 밥을 샀구나.) 큰집 식구
희영이와 아들, 이환이 아줌마, 용국이 형님 내외, 그리고 전주에서
그림 그리는 이일청 선생님 내외가 우리 동네 앞을 지나다가 우리들
이랑 같이 밥을 먹었습니다. 13명이 회문산 가든에 가서 다슬기 수제
비를 먹었습니다. 맛이 있었습니다.

　집에 와서 배가 불러 용국이 형님하고 만조 형님하고 강가에 나가
서성거렸습니다. 비 오면 넘치는 다리에 서서 마을에 사는 사람을
세어봤더니 모두 28명쯤 되었습니다. 집집이 모두 한 명 아니면 두
명인데, 재호네만 다섯 명이나 되네요. 밤 여덟시도 안 되었는데 사

람들이 불을 다 꺼놓았어요. 만조 형 말에 의하면, 사람들이 저녁밥만 먹으면 불을 다 끄고 텔레비전을 봅니다. 전기세 아끼려고 그런대요. 텔레비전 화면만 나오면 되니, 그래도 되겠네요. 밤이 되면 마을이 정말 조용합니다. 텔레비전을 켜놔야 잠이 드는 사람도 있습니다. 우리 어머니도 꼭 텔레비전을 켜놓고는 리모컨을 들고 주무신다니까요. 그리고 모두 새벽이면 일찍 일어납니다. 새들처럼 부지런하지요.

시골에 살면 아주 구체적인 일들이 많습니다. 어제는 한수 형님이 고추 모종을 했는데 45포기가 모자란대요. 오늘 아침에 산책 나가는데, 동환이 아저씨네 못자리에 모가 파랗게 자랐습니다. 작고 파란 모 잎에 이슬들이 달렸는데, 잎 끝마다 이슬방울을 다 달고 있었어요. 뛰엄바위쯤에 가는데 용국이 형님이 차에 수남이 누님하고 형수님을 태우고 천담 쪽으로 가는 거예요. 어디 가냐니까, 쑥 캐러 간대요, 이 새벽에. 그러면서 "우리 '쑥 병' 걸렸다"고 해요. 오늘은 우리 집 쓸 쑥을 뜯는답니다. 큰집과 용국이 형네 집 쑥을 뜯어오면 어머니께서 같이 다듬어주었기 때문이랍니다. 용택이는 백날 가야 쑥 뜯지 않을 테니까 자기들이 뜯어준대요.

아무튼 나더러 차를 타라고 해서 나는 걷는다고 하고 걸었습니다. 내가 걷는 천담 가는 길은 흙길입니다. 강 양쪽 가파른 산은 지금 엄청나게 녹음이 짙어지고 있습니다. 그 강 길을 가로질러 기어간 희미한 자국들이 있습니다. 마치 다슬기가 모래밭을 기어간 자리같이 생생하고, 마른땅에 지렁이가 기어간 자리 같기도 하지요. 그 자국을 따라가 보았더니 그 끝에 민달팽이가 기어가고 있었습니다. 밤사이 그 느린 민달팽이가 5미터 넘는 길을 가로질러 건너가는 동안 차가 안 지나갔다는 증거지요. 민달팽이 자국들이 이렇게 많은 걸 보면 지금이 민달팽이들이 아주 많이 움직이는 철인가 봐요. 며칠 산책을 다니는 동안 그 길에 민달팽이 한 마리만 차에 치여 죽은 것을 보았을 뿐입니다. 집에 오는데, 웬 차가 우리 집 앞에 서는 거예요. 강진 떡방앗간에서 어제 맡긴 쑥떡을 해가지고 왔나 봐요.

집으로 들어가려고 하는데, 종만이 아저씨 집에 사람들이 많아요. 종만이 아저씨 생일이래요. 내가 그 집 아들딸들을 다 가르쳤지요. 점순이, 인택이, 균택이, 또 딸이 둘인가 있는데 이름이 생각나지 않네요. 그 아이들이 다 자라 장가가고 시집가고 아들딸 낳아서 이렇게 저렇게들 살지요. 그 집에 가서 밥을 먹었습니다. 저 아래 곁 이장 어머니, 성민이 할머니, 태금이 어머니, 당숙모, 나, 인택이 외할머니, 어머니, 종길이 아제, 한수 형님이 모였습니다. 내일 아침은 또 만조 형 생일이래요.

인택이네 집에서 밥 먹고 큰집에 갔지요. 누룽지 말린 것을 먹고 있는데, 어머니와 이환이 아주머니가 오시더니 수남이 누님이랑 형수님이랑 같이 쑥떡을 만듭니다. 뜨끈뜨끈한 쑥떡을 주먹만큼 떼어 수

제비 만들 때처럼 쭉쭉 늘린 후 거기다가 팥을 엄지손가락만큼 떼어 넣고 겹쳐서 유리컵으로 꾹 눌러 똑 뜨면 꼭 반달 같은 떡이 되지요.

"떡이 좀 작네."

"아녀, 이만 해야 한 번에 입으로 쏙 들어가지."

"아닌디."

"그런당게. 아 근디, 동환이 양반네 못자리 비닐을 벌써 걷어부렀데?"

"그 집은 뭐든 지들 맘대로여."

"냅둬, 그러든지 말든지."

"한수 형님네 고추 모종이 모자란담서?"

"오늘은 쑥 뜯으러 안 가고, 취 뜯으러 가야지."

"나는 안 갈텨."

"냅둬, 나 혼자 갈텨."

"떡이 참 차지다이."

"혼자 가먼 안 된디."

"멧돼야지가 무서."

"멧돼야지는 사람한테 안 덤벼드는디, 요새 새끼 날 땐디. 새끼 있으면 무서. 사람한테 덤벼든당게."

"오늘 낮에는 누구 집에서 밥 묵는대야?"

"당숙모네 집이서."

"당숙모 생일을 일찍 쇠야분대야."

"아이고, 나는 학교 가야겄다."

"저것 봐, 저 집은 벌써 망태 메고 산에 가네."

"오늘 굉일이잖여."

"글도 나는 갈 거여."

"그러면 떡 좀 가지고 가제?"

"아녀, 있다가 올 거여."

"안 오면 택배로 부칠게."

"택배도 굉일 날은 쉰디."

"아참, 저그 종만이 사위가 택배허잖여, 그놈 보고 가라고 허면 되겄네."

"아녀, 그만뒀다는디."

"그러면 취 뜯으러 가지 마?"

"아, 떡이 진짜 맛있다."

"근디, 이명박이 큰일이드만."

"이명박이 뭐여, 대통령 보고."

"아, 두 달 쬐끔 더 되았는디, 미친 소 때문이람서."

"뭔 소가 다 미쳐부렀대야."

"그나저나, 노무현 대통령이 신간 편하드마인."

"떡은 이렇게 따땃헐 때 먹는 것이 질이여."

"아, 용택이 핵교 안 가?"

"오늘 아이들도 없어."

"아, 근디 뭐하러 핵교는 가?"

"시 쓰로 간감만."

"근디, 용택이네 쑥은 언제 다듬는대야."

"집에다 가져다 놨승게 되겠지 뭐."

"아이고, 나는 학교 가야겄다."

참고로 집에서 학교까지 차로 5분 정도 걸립니다.

이게 오늘 아침 큰집에서 떡을 만들며 하는 이야기들입니다. 요란하지요. 시끄럽습니다. 무슨 말들을 하는지 잘 들어야 앞뒤가 이어집니다.

시골 사람들은 밥 먹을 때도 놀 때도 일을 할 때도, 무슨 이야기들을 남 이야기하듯 합니다. 아주 가볍고도 명쾌하고 시원하지요. 이 말 하다가 저 말 하고, 저 말 하다가 또 엉뚱한 말을 해도 이야기들이 끊어지지 않습니다. 하던 이야기가 어디로 꼬리를 감추었다가 또 어딘가에서 아주 자연스럽게 그 이야기가 나타나 실마리를 잡아 이어 갑니다. 언제 꼬리를 감추었는지, 언제 꼬리를 찾아 돌아왔는지 모르게 돌아와도 누구 하나 시비 걸지 않습니다. 엉뚱한 이야기를 한다고 가로막는 사람도, 시비 거는 사람도, 화내는 사람도, 토라지는 사람도, 턱없이 삐지는 사람도 없습니다. 그리고는 아무데서나 이야기가 그냥 끝이 나버리지요. 그리고는 나중에 만나면 자연스레 그 이야기가 또 시작됩니다. 한가하고 여유롭고 서두르지 않고 느긋해요. 농사짓고 사는 사람들의 말의 이어짐이 아주 여유가 있고 아름답지요. 힘을 들여서 자기를 과시하려는 생각이 없어 보여서 재미가 있지요. 마치 여러 가지 나무들이 서로 어울려 있는 것 같지요. 마치 숲속에 비 오는 소리 같아요. 그러나 때로 느닷없이 아무 일도 아닌 것 갖고 크게 싸울 때도 있지요. 싸우는 말과 싸우는 모습을 보면 너무 얼토당토 안 해서 웃음도 안 나온다니까요. 또 어쩔 때는 이야기하다가 모두 훌쩍훌쩍 울기도 해요. 그러다가 또 와르르 웃습니다. 나는 그런 모습이 재미있습니다. 왜냐하면 늘 듣던 내용이 태반이거든요. 늘 듣던 내용을 다시 들어도 새로워요. 그만큼 삶과 생각이 어제와 달라진 것이겠지요.

늘 신경을 곤두세운 이론이나 논리가 사람들을 얼마나 피곤하게 하는지 몰라요. 배운 사람들의 그런 핏기 없고 온기 없는 말들이 사람을 잡지요. 그런 말들일수록 일을 제대로 해결할 말은 거의 없습니다. 빈정거리고, 야유하고, 속 두고 딴 말하고, 그런 사람들 말들은 징그러워요. 농사 짓고 사는 사람들의 말은 다 해결할 수 있는 말들이지요. 아주 구체적이고 실질적이며 군더더기가 없어요. 해결이 간단한 사건은 말과 행동 또한 간단합니다.

택배 못 보내니 집에 와서 밥 먹고 시 쓰라는 전화가 왔네요. 그만 집에 가야겠네요.

어느 날 아침

아침에도 뒷집 닭 울음소리에 잠이 깨었습니다. 아침이면 하도 닭이 울어대서, 이놈의 닭이 도대체 어떻게 생겼나 싶어 어제 오후에는 닭집에 가보았어요. 암탉 한 마리와 장닭 한 마리가 좁은 철조망 닭장 안에 갇혀 있었습니다. 그 옆에 개도 있었는데, 개가 참 예뻤습니다. 닭이 하도 극성맞게 울어대니 개는 그냥 조용해요. 개가 거기 있는 것을 처음 보았습니다.

우리 동네에 닭이 있는 집이 두 집인가 봐요. 그 두 집 닭이 새벽이면 번갈아가면서 울어대요. 옛날에 집집이 닭이 있을 때는 제일 윗집 한수 형님네 집 닭이 처음 울면 바로 옆집 현호네 집 닭이 울고, 그렇게 차례차례 온 동네 닭이 돌아가며 울었지요. 제일 끝집 윤환이네 집 닭이 마지막으로 울면 또 한참 있다가 한수 형님네 닭을 필두로 닭들이 차례차례 또 울었지요. 그렇게 한 서너 번 동네 돌아가며 닭들이 울면 날이 희끄무레하게 밝았습니다.

문을 열고 나가 마루에 서서 강물을 보니, 어젯밤에 온 비로 징검다리가 포도시 넘었습니다. 어젯밤 그렇게 바람이 불고 천둥번개가 치던 것하고는 영 딴판이었습니다. 물은 붉은 붉덩물입니다. 내가 붉덩물이 꼭 똥물 같다고 하니 어머니가 "똥물이지 뭐" 합니다. 그 말이 너무 모지락스럽게 들려 놀랐습니다. 어머니 입에서 그렇게 앞뒤 한 치 인정사정없는 말을 듣는 것이 처음인 것 같아 놀랐습니다.

앞산에서 새가 웁니다. 저 새소리는 듣지 못하던 건데, 낮이나 밤이나 울어요. '후~후 훗훗' 하고 우는데, 이게 영 개운치가 않아요. 저 새가 하도 크게 울어대며 밤낮으로 난리를 치니 소쩍새 소리도, 쑥국새 소리도, 뻐꾹새 소리도 잘 들리지 않아요. (소쩍새 소리와 뻐꾹새 소리와 쑥국새 소리가 나온 김에 좀 알고 넘어갈 게 있습니다. 소쩍새는 밤에 많이 울지요. 진달래가 필 즈음에 어디서 날아와 울기 시작합니다. 낮에 울기도 하나 깊은 산속에 가면 간간이 우는 희미한 소쩍새 소리를 들을 수 있습니다. 그러나 소쩍새는 밤에 우는 새로 알려져 있습니다. 쑥국새는 배고픈 봄날 쑥국을 생각하게 하는 새입니다. 깊은 산속에서 낮에 울지요. 뻐꾹새는 나뭇가지나 전깃줄에 앉아 울기도 하지만, 날아다니며 울기도 합니다. 사람들이 뻐꾹새와 쑥국새와 소쩍새 소리를 구별하지 못하고 아무

때나 운다고 글을 쓸 때가 있어서 짚고 넘어갑니다.)

요즘 칠 년 가뭄에 비 안 온 날 없다더니, 비가 올란가 하고 하늘을 바라보면 빗방울 몇 개 긋고 맙니다. 날이 하는 짓을 보면 가뭄 징조인가 봐요.

물새 우는 소리, 참새 지저귀는 소리, 때까치 소리, 비비새 소리가 들립니다. 저놈의 때까치들은 자기들이 먹이를 찾지 않고 마을 가까이 내려와 사람들이 버린 음식찌꺼기들을 먹고 삽니다. 생긴 것은 그럴듯하게 생긴 것들이 눈치를 살피며 찌꺼기를 먹다가 후두두 날아가는 꼴이 그리 곱게 보이지가 않아요. 먹을 때 눈치 보는 것이 가장 천하게 보이거든요. 우는 소리는 또 얼마나 사납게 들리는데요. 나는 사람들이 산과 들에 사는 새나 짐승에게 음식을 자꾸 주어 그들의 자생적인 야성을 버리게 하는 것을 좋게 보지 않습니다. 일본 관광지에 가면 거기 사는 원숭이들이 사람이 던져주는 바나나를 먹으려고 몰려들며 서로 싸우는 것을 보면 마음이 영 개운치가 않더라고요.

저물녘에 바람이 불 때 앞산의 나무들을 오래 바라보았습니다. 나무들이 바람을 타고 이리저리 흔들리는 모습이 장관이었어요. 잎들이 하얗게 뒤집어지는 앞산을 보고 나는 감동했습니다. 참나무 잎이 뒤집어지면 사나흘 뒤에 비가 오지요. 감동 잘 하는 내가 홀로 감동을 하려니 조금 벅찹니다. 나뭇가지들은 아직은 목질이 생기지 않아 새순이나 마찬가진데, 그 나뭇가지에 달린 새잎이 바람을 타고 흔들리는 나무들의 모습이, 산이 춤을 추는 것처럼 장관이었지요. 바람 부는 산을 바라보고 있는 내 몸도 이리저리 산을 따라 움직였습니다. 나무들의 움직임이 저렇게 부드럽고도 감미로운 줄을 예전에는 미처 보지 못했지요. 무엇이, 어떤 것들이 새로 보이는 눈을 가지고 있으니, 아직 나는 낡지 않았나 봐요. 아무튼 놀라웠습니다. 그렇게 바람이 불며 춤을 추던 산이 아침에는 잠잠하고 조용하고 적막하기까지 합니다.

산책길을 따라 한참을 가니, 강 건너에서 만조 형님이 집으로 돌아오고 있는 모습이 안개 속에 희미하게 보입니다. 모내기를 하려고 하니 비가 와서 강 건너 논에 물을 잡아 가두려고 다니는 모양입니다. 한참을 가니, 종길이 아제도 논에 물을 잡으러 오토바이를 타고 오십니다. 어제 온 비로는 논에 물을 잡을 수 없고, 아마 모터를 돌려 강물을 가져오려는 모양입니다.

도롱곳을 지나 흙길에 들어서는데, 오동나무 꽃이 땅에 떨어져 있습니다. 어? 어디서 날아왔지?, 하며 이리저리 오동나무를 찾는데 산 위에 한 그루 오동나무가 꽃을 달고 있었습니다. 다른 나무들은 잎이 우거지고 있는데 오동나무에는 아직도 잎이 피지 않고 있습니다. 잎이 가장 늦게 피는 것이 오동나무와 자귀나문데, 자귀나무에는 아기 새끼손가락 길이보다 작은 새순이 막 돋아나고 있습니다. 돋아날 것들이 다 돋아난 산에 잎 돋을 기미를 보이지 않고 있는 자귀나무를 보면 꼭 죽은 나무 같습니다. 늦어도 한참을 늦지요. 고은 선생님의 시 중에 '이 봄에 돋아날 것들은 다 돋아나고'라는 시 구절이 생각나네요.

옛날에는 꾀꼬리가 우는 봄, 목질이 생기기 전의 새순들을 풀처럼 베었지요. 그 풀을 '바닥 풀'이라고 해서 보리가 익을 무렵이면 보리밭이나 빈 논에 풀을 쌓아두었다가 모내기 전에 작두로 썰어서 논에 뿌리고 논을 갈고 써레질을 해서 논을 고르고 모를 냈지요. 목질이 생기기 전의 새순들은 바로 썩어 웃거름이 되었던 거지요. 어머니들이 밭에서 일을 마치고 집에 오면서 빈손으로 오지 않고 자귀나무 가지를 꺾어들고 집으로 왔지요. 자귀나무 가지를 손에 들고 일고여덟 명씩 강 길을 걷던 어머니들의 모습이 눈에 선합니다. 그렇게 집으로 가지고 온 자귀나무 가지를 어머니들은 호박 구덩이에 놓았습니다. 자귀나무 잎이 떨어져 썩으면 아주 호박이 잘 되었습니다. 어머니들 말씀에 의하면 이 자귀나무 잎은 요소비료보다도 더 거름 효과가 있다고 합니다. 어떻게 그런 것까지 다 알았는지 몰라요.

수천 년 동안 농사를 짓고 살던 농부들은 자연 속에서 일어나는 세세한 것들을 아주 잘 이해합니다. 새소리, 바람 소리, 물소리, 고기들이 뛰는 소리, 나뭇잎이 피는 모양, 저녁노을과 아침노을, 개구리들의 울음소리, 새가 움직이는 모양과 울음소리 등이 무엇을 뜻하는지 나무들의 특성과 사람에게 주는 영향, 먹을 풀과 먹지 못할 풀들,

감히 과학적으로 해석하고 해명하지 못할 수많은 자연 현상들을 농부들은 귀신같이 알아냅니다. 그게 다 농사에 필요했지요. 농부들은 다 시인입니다. 철학자들이지요. 예술가들입니다.

이렇게 비가 조금 와서 새 물이 나갈 때는 어디에 무슨 고기들이 있다는 것을 정확하게 알지요. 새 물이 나가면 고기들이 활발하게 움직입니다. 새 물로 파인 땅에서 먹을 것들이 많이 물로 흘러 들어오기 때문이겠지요. 오늘 아침처럼 붉덩물이 나가면 빠가사리(짜가사리)들이 많이 움직입니다. 빠가사리들은 지렁이를 좋아하는데, 이때 지렁이들이 빗물을 따라 강으로 흘러 들어오는 모양이지요. 붉덩물이 나가면 그래서 동네 사람들이 강가에서 빠가사리 낚시를 많이 했지요.

조금 더 내려가니 종만이 아저씨가 통발을 거두러 오네요. 어제도 보았는데, 어제는 고기들이 몇 마리 들지 않아 한 끼도 못 먹게 생겨서 오늘도 놓아보았대요.

요새 앞강에 고기들이 눈에 띄게 줄어들었습니다. 피리, 동사리, 꺽지들이 가리(짝짓기)할 땐데 고기들이 보이지 않아요. 썩은 물이 흘러가고 있거든요. 강물에서 냄새가 나요. 자세히 들여다보면 강물에 사료 가루 같은 것들이 둥둥 떠가고 강물 속 바위들이 보이지 않습니다. 해가 저물면 하루살이들이 강물 가까이 날아다녀서, 그 하루살이들을 차 먹으려고 물고기들이 강물 위로 하얗게 뛰어오르는 모습들이 장관을 이루는데 요즘 그런 모습이 전혀 보이지 않습니다. 나도 강에 들어간 지가 오래되었고, 앞강에서 잡은 고기를 먹지 않은 지가 오래되었습니다.

멀리 갔다가 돌아오니, 그때까지 종만이 아저씨가 통발을 거두고 있었습니다. 내가 "많이 들었어요?" 하고 고함을 지르니, "없당게, 안 들었어. 물만 치르르 혀." 합니다. 큰집 논이 있는 도롱곳으로 돌아왔더니 만조 형님이 어느새 강을 건너와서 못자리 모를 뜨고 있었습니다. 옛날엔 모를 여럿이 모여 쪘(떳)는데 지금은 삽으로 뿌리를 잘라 한 상자씩 모종판을 뜹니다.

논두렁 가에 하얀 토끼풀꽃하고 자운영꽃이 붉습니다. 나는 자운영꽃하고 토끼풀꽃을 좋아하지요. 토끼풀꽃 곁에 앉아 자세히 보면 참으로 투박하고 또 소박하고 예쁩니다. 사람들이 별로 꽃으로 취급을 안 하지만 코를 대보면 정말 향기가 대단해요. 사람도 그래야 하지요. 처음 보아 쌈빡한 것보다 처음에는 눈에 잘 들어오지 않아도 보면 볼수록 이 구석 저 구석이 눈에 띄고, 늘 새로운 모습이 눈에 들어와야 하지요. 코끝을 얼른 스쳐지나가는 짙은 향기보다 은근하게 오래오래 지속되는 몸에 담기는 향기가 사람을 매혹시키지요. 그게 매력이지요.

형님과 헤어져 나 혼자 걸어오며 토끼풀꽃을 오래 생각했습니다. 앞 강물은 흙탕물이지만 해 뜨기 전 산은 참으로 장엄합니다.

꾀꼬리 울음소리 듣고 참깨 난다

아침이면 어김없이 새들이 내 잠을 깨웁니다. 새처럼 부지런하다는 말이 정말 실감나게도 새들은 일찍 깨어나 산 가득 웁니다. 닭이 울고, 후투티가 울고, 참새가 울고, 딱새가 울고, 때까치들이 울고, 울음소리를 듣고는 그 이름을 알 수 없는 새들이 앞산 숲속에서 쉼 없이 지저귑니다. 저번에 '후후후훗' 하고 우는 새가 무슨 샌가 했는데, 동네 이장이 그 새가 '후투티'라네요.

그 말을 듣고 나니, 그 새 울음소리가 후후후훗이 아니라 '후투투티' 하고 우는 것 같았지요. 마을 이장들은 아는 것도 많습니다. 동네 사람들은 새의 울음소리를 가지고 온갖 말들을 다 만들어냅니다. 까마귀는 집이 없고 까치는 집을 짓고 살아요. 그런데 까마귀가 자꾸 까치집을 넘본대요. 그러면 까치가 까마귀를 보며 제발 집이나 짓고 살라고 운답니다. 그러면 까마귀가 "야야. 나는 초상난 데 문상 가랴, 아이 낳은 데 축하하러 가랴, 집 지을 새가 없단다." 그런대요. 밤을 새워 소쩍새가 우는데, 풍년이 들 해는 소쩍새가 '솥 꽉 솥 꽉 솥 꽉 꽉' 하며 솥이 꽉 찬다고 울고, 흉년이 들 해는 '솥 텅 솥 텅 솥 텅텅' 하며 솥이 텅텅 빈다고 운답니다.

동네 앞 한수 형님네 밭에 산두(밭에 심은 벼) 싹이 아주 나란히 났습니다. 나란히 난 어린 곡식들은 다 어여쁘지요. 콩, 옥수수, 깨, 벼…… 가만히 들여다보면 이 어린 것들이 어떻게 땅을 밀고 올라왔을까 신기합니다. 어제는 어머니와 밥을 먹으며 "어머니, 오늘 꾀꼬리가 울데요." 그랬더니, "꾀꼬리 울음소리 듣고 참깨가 나고, 보리 타작하는 도리깨소리 듣고 토란 난다"고 하십니다. 놀랍지요. 샛노란 꾀꼬리와 땅을 뚫고 올라오는 노란 참깨 싹을 생각해보세요. 눈이 아리게 부시지요. 토란은 곡식이 잘 안 되는, 물기가 많은 밭두렁 밑이나 버려진 자갈이 많은 땅에 심는데 싹이 나오려면 오래 걸리나 봐요. 어찌나 더디게 싹이 나던지 도리깨로 땅을 탕탕 두드려야 땅울리는 소리에 땅이 금가고 토란이 놀라 싹이 나나 봐요.

못자리를 할 때 볍씨를 뿌리고 그 위에 비닐을 덮어둡니다. 비닐을 덮고, 바람에 날리지 못하게 비닐 자락에 1미터 간격으로 흙을 한 삽씩 떠서 얹어두지요. 그런데 벼들이, 그 연하고 여린 벼 잎이 올라

오면서 비닐이 점점 들어 올려져요. 정말 놀랍습니다. 그 가늘고 가는, 그리고 아무런 힘이 없어 보이는 여린 벼 잎들이 힘을 합쳐 흙이 누르고 있는 그 무거운 비닐을 들어 올리며 싹을 키우는 것이지요. 놀랍지요. 신기하지요. 무심하게 볼 일이 아닙니다.

요즘 나는 이따금 큰집 형님하고 아침 산책을 같이 갑니다. 형님은 산책이 아니라 논에 가는 것이지요. 형님은 벼를 심어놓고 아침마다 논에 물을 보러 갑니다. 곡식들이 주인의 발소리를 듣고 자란다고 하지요. 실제로 주인의 발소리가 들리는 앞 논두렁의 벼들이 더 자라고 나락 모가지가 굵고 알갱이가 많이 달린답니다.

모를 낸 그 이튿날, 형님하고 형님 논두렁에 서서 그 여리고 예쁜 벼들을 보고 있는데, 형님이 "참말로 이쁘다." 하시는 거예요. 정말 모낸 논 논두렁에 서서 나란히 서 있는 벼들을 보면 예쁩니다. 형님은 "나는 저 벼들 보는 재미로 농사짓는다네." 하셨습니다.

형님네 논 사이 도랑 하나 건너에 내 동창생의 논이 있습니다. 그 논에는 지금 모를 내기 위해 물을 잡고 있지요. 이웃동네 사는데 유일하게 고향을 떠나지 않고 사는 동기동창입니다. 이런저런 일로 빚을 많이 짊어졌는데 올해 논을 샀답니다. 옷이 흙 범벅이 된 채 검붉게 탄 얼굴로 삽을 들고 저문 날 논두렁을 걷고 있는 그 동무를 보면 나는 마음이 정말 고르지 못하답니다. 그 동무는 아직 빚을 다 갚지 못했답니다. 그 친구 논 물 잡아둔 곳을 지나는데 물이 길바닥으로 줄줄 새는 거예요. 형님하고 나하고 물이 새는 곳을 이리저리 찾아 물 새는 곳을 막았습니다. 내 깐에는 아주 중요하고 큰일을 했고, 그 동무에게 나도 할 말이 생긴 것이지요.

그 동무네 논 위가 종길이 아제네 논인데, 올해 모가 잘 되지 않아 난리가 났습니다. 다행히 형님네 모가 많이 남아 다행이었지요. 종만이 아저씨네도 모가 모자라 지금 전전긍긍합니다. 벼농사에서 모가 모자라면 큰일 중에서 상 큰일이지요. 그래도 내 평생 모 모자라 빈 논으로 가을을 맞은 논을 보지 못했습니다. 어떻게든 모를 심지요. 형님 말에 의하면 요즘은 열흘 만에 모를 키워내는 데도 있답니다. 계약을 해서 며칠 날 모를 내겠다고 하면 그 회사에서 그 날짜에 맞게 모를 키워준대요. 우리 이웃 군이 순창군인데 그곳에 동계면이 있어요. 그 면 조합에서 그렇게 모 길러주는 일을 맡아 한답니다. 그 농협 직원들은 직접 차를 몰고 다니며 마을의 이러저런 일을 돕는대요. 조합장도 직접 팔 걷어붙이고 농민들과 함께 일을 한답니다. 그래야지요. 흰 와이셔츠에 넥타이 차고 실내화 질질 끌고 사무실에서 왔다 갔다 하며 거드름을 피우는 조합 직원들보다 그런 조합이 정말 조합을 위한 조합이지요.

동네 앞 논을 돌아 강을 건너 강 길을 20분쯤 걸어가면 형님네 논입니다. 논에 가서 보면 이놈의 너구리들이 모낸 논에 있는 올챙이들을 잡아먹으려고 모를 쓰러뜨리며 논으로 돌아다닌 발자국이 보입니다. 요새 농촌에는 산짐승들 때문에 농사를 망칠 때가 간간이 있습니다. 며칠 전 아침에도 동네 바로 앞 강가에서 고라니 한 마리가 어슬렁거리는 것을 보았지요. 처음 보았을 때 신기했는데, 자주 보니 요새는 소 닭 보듯 합니다. 고라니란 놈이 참깨 밭을 뛰어다녀 비닐이 뿡뿡뿡 뚫어져 있습니다. 오소리는 잡식성이에요. 아무거나 닥치는 대로 먹어치웁니다. 동네 산에 토끼가 안 보인 지 오래되었는데, 이 오소리가 토끼새끼들을 다 먹어치운답니다. 토끼뿐 아니에요. 집에서 기르는 염소새끼도 주워 먹어버린대요. 동네까지 쳐들어온답니다. 멧돼지들은 또 새끼들을 데리고 내려와 고구마 밭이나 논을 존장 쳐놓습니다.

형님은 동네일과, 동네 산과 들에서 일어나는 모든 일들을 소상히 알고 있습니다. 비닐을 씌워놓고 구멍을 뿡뿡 두 줄로 뚫어놓은 곳에서 참깨 싹들이 아주 예쁘게 돋아나고 있었습니다. 내가 이 참깨들을 보고 "참 이쁘지요잉." 했더니 "자네 왜 참깨들이 한 구덩이에서 저렇게 많은 싹이 나온지 안가?" 하고 묻데요. 정말 한 구덩이에서 참깨 싹이 많이도 나오고 있었습니다. 참깨가 나는 것을 평생 보았겠지만, 오늘에야 자세히 들여다봅니다. 나는 아무리 생각을 해도 모르겠데요. 그래서 모른다고 했더니, "참깨를 한 구덩이에 두세 개씩 넣으면 이것들이 하도 싹이 작아서 땅을 못 뚫고 나온다네. 그래서 참깨 구덩이에서는 저렇게 많은 싹이 나온당게. 여러 개를 한 구

54

덩이에 넣어야 저것들이 힘을 합쳐 땅을 뚫고 흙을 밀어내며 나온당 게." 하십니다.

나는 놀라고 또 놀랍니다. 광화문에 모여든 촛불 생각이 났습니 다. 작은 촛불들이 모여 나라를 들어 올리잖아요. 아무튼 오래된 농 사 교육은 사람들에게 자연과 생태를 자연스럽게 이해하게 만들고, 또 몸과 마음에 배게 했지요. 말로만 떠들고, 이론으로 무장해서 목 에 핏대 세우고, 나같이 책상머리에 앉아 생태가 어쩌니, 자연이 어 쩌니, 하는 것들하고는 근본적으로 자연을 대하는 태도가 달라요.

어제는 모를 내고 이앙기가 잘못해서 빠뜨리거나 구부러뜨린 모 를 때우는 곳에 갔습니다. 수남이 누님하고 형수님 두 분이 모를 때 우다가 쉬고 있길래 그곳으로 가 논두렁에 앉아 놀았습니다. 내가 옛날 같으면 밤꽃이 필 때 모를 냈다고 하자, 누님이 옛날에는 대추 를 콧구멍에 넣어가며 모를 냈다고 합니다. 옆에 있던 형수님은 "뭐? 대추를 콧구멍에다가 집어넣어?" 하며 놀랍니다. 그러면서 우리 동 네는 밤송이를 겨드랑이 밑에 넣어가며 모를 심었다고 합니다. 밤송 이를 겨드랑이 밑에 넣어 겨드랑이가 가시에 쿡쿡 찔려 안 아프면 모를 내서 그해에 쌀밥을 먹었답니다. 누님은 대추가 많은 고장으로 시집가 살아서 대추 크기로 모내는 철의 늦고 이름을 가늠했고, 우 리 동네는 보이느니 산과 밤나무들이어서 그랬을 것입니다.

밤에 동창생 논에 불이 환하데요. 트랙터로 논을 고르고 있었습니

다. 형님하고 같이 가보았지요. 어둑한 논둑을 동무는 검은 바위가 움직이는 것처럼 돌아다닙니다. 물 가득한 논에서 개구리들이 와그르르 웁니다. 개구리 울음소리들이 찔레꽃 꽃 덤불로 하얗게 모여들었습니다.

탱자나무 울타리 집

내가 하루를 지내는 방은 학교 본관에서 조금 떨어진 곳입니다. 오래된 강당을 리모델링해서 도서관으로 꾸미고 한쪽에 작은 방을 하나 달아내어 그곳에서 하루를 지냅니다. 한때는 우리 학교의 모든 행사를 이 강당에서 했지요. 졸업식, 반공웅변대회, 학부형 총회, 각종 선거, 노인잔치, 독후감 대회 등 학교 안팎의 크고 작은 행사를 교실 두 칸짜리 이 강당에서 치렀지요. 우리 학교에 아이들이 한창 불어났을 때는 교실이 모자라 이 강당 가운데를 막아 두 교실로 나누어 썼습니다. 어떤 해는 내가 6학년을 맡았었는데, 다른 반 선생님이 학교를 비우게 되어 두 칸을 트고 120명도 넘는 아이들과 여름 한철을 지낸 적이 있었지요. 내게는 아주 정다운 교실이랍니다. 올 봄부터 나는 이

곳에서 아이들과 놀기도 하고 책도 읽고 공부도 합니다.

내 방(교실도 아니고, 사무실도 아니고 해서 나는 이 곳을 방이라고 합니다.) 북쪽으로 난 창 바로 앞에는 탱자나무 울타리가 있어요. 그 탱자나무 울타리는 학교 아이들이 공을 찰 때 말 그대로 울타리 역할을 해서 공이 학교 바로 아랫집으로 튀는 것을 막아준답니다. 그렇다고 높이 튄 공까지 그 울타리가 다 잡진 못해서 학교 바로 앞집 지붕 위로 공이 튈 때도 있지요.

내가 초등학교를 다닐 때 처음 고무공이 나왔지요. 고무공이 이 탱자나무 가시에 찍혀 대롱대롱 매달리기도 했습니다. 가시에 찔려 바람 빠진 고무공을 보며 속수무책 허망했지요. 공이 지붕 위로 튀어가면 그 집 할머니가 나오셔서 "호랭이가 칵 물어갈 놈들이 지붕으로 공을 차고 난리 친다"고 고함을 지르셨습니다. 가만히 방 안에 앉아 있는데 갑자기 지붕 위에서 '쿵' 하는 소리가 나면 얼마나 깜짝 놀랐겠어요. 내가 앉아 있는 바로 코앞 할머니 집 옆에 집이 또 한 채 있습니다.

나는 때로 그 집을 오래오래 바라봅니다. 마당이며, 화장실이며, 나무를 쟁여놓았던 헛간이며, 소 외양간이며, 돼지우리며, 닭장이 한눈에 들어옵니다. 그 집 아이들도 내가 거의 다 가르쳤지요. 그 집은 선숙이네 집입니다. 선숙이네 집 작은방에 선생님 내외가 두 아이들과 함께 살림을 할 때도 있었답니다. 그 집 선생님이 내 여동생을 가르치기도 했지요. 닭장에는 닭들이 울었고, 돼지가 새끼를 낳아 돼지새끼들이 마당을 돌아다녔지요. 모든 새끼들이 다 예쁘고 귀엽듯이 돼지새끼도 정말 귀엽지요. 우리 마당에서도 돼지새끼들이 돌아다닌 적이 있었는데 어찌나 귀엽던지, 한번 잡아 안아보고 싶어 새끼를 잡으려고 해도 짧은 털이 몽글몽글해서 잘 잡히지 않았습니다. 선숙이네 집 마당엔 돼지새끼뿐이 아니었지요. 어미닭을 따라다니는 병아리들이 종종거리기도 하고, 송아지가 마당을 뛰어다니기도 했지요. 정말 눈에 선합니다. 가을이면 볏단이 마당에 쌓이고, 집 안 여기저기 이 구석 저 구석에 호박이며 고구마며 온갖 곡식들이 쌓여갔지요.

지금은 선숙이 아버님도 어머님도 다 돌아가셨답니다. 그런데 어느 날 그 마당에 어떤 할머니 한 분이 왔다 갔다 하시는 거예요. 하도 반가워 얼른 일어나 자세히 바라보니, 어디서 많이 본 듯 낯이 익은 분이었습니다. 그 할머니도 내가 가르쳤던 아이의 어머니였습니다. 그땐 젊었었는데 정말 많이 늙으셨어요. 세월이 많이 흐른 것이지요. 무심한 것이 세월이지요. 내가 스물세 살 때쯤이었으니, 38년이 흐른 것입니다. 그 할머니가 장광이 있는 뒤 안에서 마늘도 가꾸고, 상추도 가꾸는 모습이 이따금 내 눈에 어른거렸습니다.

어느 날 뒤 안에서 풀풀 연기가 나길래, 내가 울타리 너머로 그 할머니를 부르며 인사를 했더니 처음에는 나를 몰라보더라고요. 그래서 이렇게 저렇게 나를 이야기했더니 "아하, 진메 사는 우리 재헌이 선생이고만. 시방도 선생 허요?" 하시는 거예요. 그러다가 또 며칠간 할머니가 보이질 않아요. 그러면 나는 심심해서 할머니가 어디 가셨나 하며 할머니를 찾습니다. 슬레이트 지붕은 옛날에 이은 그대로여서 이제는 다 낡고 색이 바랠대로 바래서 우중충한 게, 영 나간 집 같습니다. 전지를 했는데도 탱자나무가 자라서 지금은 그 집 마당이 잘 보이질 않습니다. 어느 날은 그 집 마당 빨랫줄에 팬티 하나, 몸뻬 하나, 오래된 윗옷이 하나 걸려 바람에 나부끼고 있었습니다. 나는 그 긴 빨랫줄의 빨래를 오래오래 바라보고 있었습니다. 그러다가 그만 눈물이 나왔답니다. 혼자 울었지요. 울먹였답니다. 빨랫줄이 너무 길어서 그냥, 눈물이 나오더라고요. 살다 보면 어쩔 때, 그럴 때가 있잖아요.

그 집 탱자나무 울타리에 탱자꽃이 하얗게 피어났을 때 나는 탱자꽃을 처음 자세히 보았습니다. 탱자꽃은 송이로 되어 있습니다. 봄에 피는 꽃잎들이 대개 낱장입니다. 벚꽃도 낱장으로 다섯 장이고, 매화꽃도 낱장이고 살구꽃도 낱장입니다. 땅에 핀 작은 꽃잎들도 거의가 다 낱장으로 꽃 이파리가 다섯 장이나 네 장이지요. 낱장으로 된 꽃잎들이 한 장 한 장 떨어져 봄바람에 날리는 모습이 아름답지요. 떨어지는 꽃잎을 날리지 않는 봄바람이 어찌 봄바람이겠습니까.

꽃잎이 운동장 가득 날리던 어느 날 집에 가서 거울을 보았더니,

글쎄, 내 머리 위에 벚꽃 잎이 두 장 얹혀 있어서 혼자 놀라고 기뻐 웃었답니다. 세상에, 머리에 꽃잎이 내려앉아 집까지 따라오다니요. 사람들이 보며 그랬을 것입니다.

"역시 시인은 달라."

탱자꽃은 그냥 동백꽃처럼 송이로 똑똑 떨어지더라고요. 푸르고 긴 가시가 있는 탱자나무에 핀 꽃은 정말 희고 곱습니다. 그 탱자나무 울타리 옆에 엄청나게 큰 벚나무 한 그루가 있습니다. 그 벚나무는 우리 학교 다른 벚나무보다 늦게 꽃이 피는 대신 아주 '엘레강스' 하답니다. 그리고 그 벚나무와 서로 등을 기대고 선숙이네 감나무가 한 그루 서 있습니다.

어느 날 나는 글을 쓰다가 그 벚나무를 가만히 바라보고 있었지요. 벚나무 잎들이 바람에 흔들리고 있었습니다. 잎들이 연두색에서 초록으로 짙어질 때쯤이었지요. 한참을 바라보고 있는데 글쎄, 그 흔들리는 나뭇잎들 속에서 소리가 나는 거예요. 가만히 귀를 모으고 들어보았더니 그 소리는 나뭇잎들이 서로 부딪치며 나는 소리였습니다. 나뭇잎들이 부딪치면 소리가 날 만큼 크고 두꺼워진 거지요. 아! 나는 그 부드러운 나뭇잎 부딪치는 소리에 깜빡 내 정신을 놓았습니다. 그때 그 나뭇잎 부딪치는 의성어를 나는 아직 찾지 못했습니다. 나뭇잎에 바람이 불면 바람 타는 그 모습이 참으로 아름답지요. 흔들리는 나뭇잎은 눈이 부십니다.

햇살이 쏟아지는 커다란 나무 아래 서서 바람 속에 온몸을 다 맡긴 나무를 바라볼 줄 아는 이는 살 줄 아는 이지요. 때로 삶이 그렇게 찬란하게 눈이 부실 때가 있습니다. 사랑하고 싶지요. 정말로 살고 싶지요. 흔들리는 수많은 나뭇잎들이 따로따로, 또 때론 함께 흔들리는 보습을 보며 눈부셔 하는 사람은 행복을 아는 사람입니다. 삶의 너그러움을 아는 사람입니다. 바람 부는 날, 한 그루 나무 아래 서서 삶을 찬양할 줄 아는 사람은 사랑하는 사람에게, 우리가 사는 세상에 마음을 줄 줄 아는 사람이고, 사랑하는 사람에게 마음을 얻을 수 있는 사람일 것입니다. 마음은 마음으로만 얻을 수 있지요. 마음을 얻으면 그게 큰 사랑이 되지요. 평화지요. 사랑입니다. 감동이지요. 삶의 장엄을 얻는 일이지요. 흔들리는 것들은 다 가볍습니다. 마음을 비운 몸만 아름답게 흔들립니다.

내가 날마다 눈여겨보는 창문 밖 나무들은 꽃이 피었다가 지고 새 잎이 나고 그리고 버찌와 감과 탱자가 열렸습니다. 탱자나, 버찌나, 매실이나, 살구나, 감이나 다 그 열매들이 처음에는 푸른색입니다. 감이 푸른색일 때는 땡감이라고 하지요. '땡감도 떨어지고 익은 감도 떨어진다'며 감을 가지고 인생의 부질없고 덧없음, 그리고 무상함을 말하기도 합니다. 그 열매들이 푸른 잎 속에서 다른 색으로 서서히 몸을 드러냅니다. 이제 탱자는 아이들이 가지고 노는 구슬만해졌습니다. 나날이 잘도 커갑니다. 버찌나 오디가 엊그제만 해도 연두색이더니 지금은 붉은색입니다. 조금 있으면 아주 까맣게 익겠지요. 그 벚나무 속에 많은 새들이 날아와 놉니다. 사실은 노는지 일하는지 싸우는지 우리들은 모르지요. 아무튼 고만고만한 작은 박새와 딱새와 참새들이 감나무, 벚나무, 탱자나무를 오가며 귀가 시끄럽게 울어댑니다. 하도 시끄러워 창밖을 내다보니 탱자나무 속에서 작은 박새가 푸른 벌레를 입에 물고 왔다 갔다 합니다.

박새를 보다가 선숙이네 집으로 눈길이 갔는데, 아! 그 집 작은 굴뚝에서 파란 연기가 솟아납니다. 그리고 솥뚜껑을 여닫는 소리가 들렸습니다. 재현이 어머님이 출타했다 돌아오신 모양입니다. 푸른 나무 속에 싸인 허름한 농가 굴뚝으로 오랜만에 오르는 푸른 연기와 솥뚜껑 여닫는 소리가 그렇게 반가울 수가 없습니다.

소와 아버지

아버지의 별명은 '소 아부지'였습니다. 그만큼 소를 귀하게 여기고 잘 키웠지요. 아버지는 암소는 키우지 않았습니다. 딱 한 번 암소를 키운 기억이 납니다. 암소가 송아지를 낳았는데, 송아지는 집에서 기르고 어미 소를 팔았습니다. 어미 소가 소장수를 따라 집을 나가면서 어찌나 큰소리로 울어대던지 식구들이 다 운 적이 있었습니다. 소가 동네 산굽이를 돌아갈 때까지 우리들은 소를 보며 서 있었지요. 소는 우리들의 한 식구였습니다.

아버지는 늘 수소를 키웠습니다. 수소도 그냥 수소를 키우는 게 아니고, 인근 순창 장이나 남원 장에서 제일 좋은 수송아지를 골라 사다 키웠지요. 큰집 큰아버지가 소 거간을 하셨기 때문에 아주 좋은 송아지를 탈탈 골라 시세보다 값을 더 쳐주고 사왔습니다. 시세보다 더 주고 산 송아지를 보며 사람들은 아버지를 비아냥거렸지만, 보기만 해도 복스럽게 잘생긴 소를 깨끗하게 치운 외양간에 넣어두고는 짬이 날 때마다 송아지를 쓰다듬으며 "음, 송아지를 사려면 이런 송아지를 사야 허는 것이여!" 하시면서 아주 흐뭇해하시곤 했지요.

아버지는 별명이 소 아부지답게 소를 아주 정성스럽게 키우셨습니다. 새 풀이 나기 시작하면 동네에서 아버지가 제일 먼저 새 풀을 베어다가 소죽을 끓여주었습니다. 소죽이란 풀을 베어다가 구정물에 붓고 쌀겨나 보리 겨를 섞어 푹푹 삶아주는 '소밥'을 말합니다. 소죽이 끓을 때 나는 소죽 냄새는 늘 고소했지요. 소죽을 여물이라고도 합니다. 여름이면 다른 집들은 대개 귀찮고 풀도 많고 또 더워서 소죽을 끓여주지 않고 생풀을 주지만, 아버지는 생풀을 주지 않고 소죽을 끓여주었습니다.

아버지는 이맘때 어디 가면 무슨 풀이 있는지도 훤히 알고 있었습니다. 더운 여름밤이면 소를 외양간에 두지 않고 마당에 매어놓고 소 옆에 모깃불을 피워주었습니다. 환한 달빛 아래 초가지붕에 핀 하얀 박꽃과, 검푸른 산속에서 우는 소쩍새 소리와, 모깃불과, 마당가에 매어져 있는 황소의 모습은 지금도 눈에 선합니다. 아버지는 겨울에 먹일 소 풀도 동네 산에서 제일 좋은 칡잎을 베어 말렸습니다. 좋은 칡잎은 험한 산에 많지요. 아버지는 놉을 얻어 그런 험한 산에 가서 겨울에 먹일 소 풀을 베어 말렸다가 집으로 가져와 헛청에 쌓아두고 먹였지요. 물론 다른 집들도 다 그렇게 소를 키웠습니다. 소 몸에 똥 하나 묻지 않도록 소 우리를 늘 깨끗하게 치우셨고, 소를 싸리비나 소 빗으로 빗어서 소 몸이 늘 번지르르 윤기가 났습니다. 강변에 수십 마리의 소들이 있어도 우리 집 소는 얼른 눈에 띄었습니다. 탄탄하게 살이 오른 잘생기고 깨끗한 우리 소가 강변에 서 있으면 동네 사람들이 "하따, 그 소 뉘 집 손가 살 한번 잘 올랐다"며 지나가다가 다시 한 번 되돌아보는 것을 나는 여러 번 보았습니다.

아버지는 소가 쟁기질을 할 만큼 커도 쟁기질을 가르치지 않았습니다. 쟁기질은 대개 성질이 사나운 수소보다 순한 암소에게 가르치지요. 황소에게 쟁기질을 가르쳐놓으면 여간 소를 잘 다루는 사람이 아니고는 쟁기질을 못했습니다.

우리 동네에서 소를 제일 잘 다루는 어른은 아롱이 양반이었습니다. 장딴지가 참나무 토막같이 굳세 보이던 이 어른 앞에서는 아무리 뿔 짓을 잘하는 동네 부사리(사나운 수소)도 꼼짝을 못하고 눈을 내리깔았지요. 이 어른 앞에서 소가 씩씩거리며 뒷발질을 하고 콧김을 풍기면 이 어른은 "이런 니기미, 니가 감히 나를 깔 봐." 하며 두 발을 땅에 굳게 딛고 어깨를 쫙 펴고 서서 두 개의 소뿔을 잡고 끙 하고 힘을 주면 제아무리 사나운 황소도 금방 눈에 잔뜩 들어간 힘을 슬며시 풀고 눈을 내리깔았습니다. 소와 힘겨루기를 하며 버틸 때 그 어른 장딴지를 보면 새파란 지렁이가 꿈틀거리며 살 속을 돌아다니는 것 같았지요.

우리 집에서 암소를 키울 때 이웃집에 소를 빌려준 적이 있었는데 어찌나 힘들게 논 가는 일을 시켰던지 소가 집에 와서 여물도 먹지 않고 식은땀을 뻘뻘 흘리며 끙끙 앓아서, 아버지가 소 빌려간 사람하고 대판 싸운 적이 있었습니다. 말없고, 시키는 대로 일을 하는 소지만 몸이 고단하면 그렇게 끙끙 앓는다는 것을 나는 그때 알았습니다.

농가에서 소는 절반 살림이었지요. 소를 키워 살림을 늘리고 아이들을 가르쳤습니다. 그래서 한때 대학을 우골탑이라고 했지요. 돈이 없어 소를 키우지 못하는 집은 동네 부잣집이나 이웃동네 부잣집에서 '배내기' 소를 가져다가 키웠지요. 부잣집에서 암송아지를 사다가 주면, 그 소가 송아지를 낳을 때까지 키워 송아지를 낳으면 송아지는 키운 사람이 차지하고 큰 소는 주인이 가져갔습니다. 옛날 동네에서 부자를 말할 때 "그 집 소 고삐가 한 짐도 넘는다"고 하였습니다. 남의 집에 소를 키워달라고 준 소 고삐가 많을수록 부자 소리를 들었던 것입니다.

소는 거름을 만들기도 합니다. 소는 똥도 많이 싸고 오줌도 많이 쌉니다. 그래서 여름에는 외양간에 늘 새 풀을 베어다가 넣어주고 겨울에는 새 짚을 넣어주지요. 그 새 풀과 새 짚이 소의 오줌, 똥과 섞이며 소에게 밟혀 두엄이 되고 썩어 거름이 되지요. 동네 어른들이 강변에서 소똥을 바제기 가득 주워 담는 것을 많이 보았습니다. 소는 일 잘하는 장정 두 사람 몫을 하였습니다. 소가 하루 남의 집에 가서 일을 해주면 장정이 이틀 동안 일을 해주었습니다. 모내기철이 되어 비가 갑자기 많이 내리면 쟁기질을 해서 논에 물을 잡아야 하기 때문에 소가 없어 발을 동동 구르는 집이 한두 집이 아니었습니다.

아버지가 소를 키워 깃발을 날리실 때가 있었습니다. 어찌나 좋은 수소를 잘 키웠던지 외양간이 그들먹하게 자란 소가 있었습니다. 잘생긴 머리통이며, 양쪽으로 가지런하고 순하게 자란 뿔이며, 정자나무 아랫도리 같이 든든한 앞발과 뒷발, 듬직하게 살찐 몸이 어찌나 우람하고 붉던지 보는 사람들이 다 탄복을 했지요. 그 큰 소는 순하기까지 했습니다. 다른 소들은 아버지가 어디 가셔서 우리들이 여물을 퍼가지고 가면 식식거리며 뿔 짓을 하기도 하고 여물통에 여물을 잘 붓지 못하게 우리들을 겁주기도 했지만, 이 소는 순해서 우리들이 여물을 주어도 그 크고 순한 눈으로 여물통에서 물러나 여물을 다 퍼부을 때까지 가만히 지켜보고 있었지요.

아버지는 꼭 소목에 핑경(워낭)을 달아주었는데, 그 수소의 핑경 소리는 늘 고르고 평화로웠습니다. 소 목에 걸린 핑경 소리를 듣고 우리는 소의 동태를 알 수 있었습니다. 나는 지금도 그 소가 우리들을 바라보던 그 정다운 눈을 잊을 수 없습니다. 아무튼 소가 어찌나 잘생기고 크던지 전라북도 종우 대회에 나갔지요. 대회에 나간 날 아침, 소에게 굿칠 때 두르는 울긋불긋한 굿 띠를 이리저리 보기 좋게 둘러 장식을 했지요. 굿 띠를 두른 소가 외양간을 빠져 나올 때 동네 사람들은 모두 탄복을 금치 못했습니다. 그 소가 전라북도 종우 대회에서 2등을 해왔습니다. 금테 두른 아주 근사한 상장과 금일봉을 탔지요. 아버지 생전 처음 받은 상장을 나는 지금도 고이 간직하고 있습니다.

우리 동네는 강변이 아주 넓습니다. 그 강변에는 초여름부터 늦가을까지 붉은 소들이 여기저기 매어져 있었습니다. 꼭 목장 같았지요. 이른 아침 풀이 좋은 곳을 찾아 소를 매어두었다가 해가 지면 아이들이 하나둘 어딘가에서 나타나 소를 데리고 집으로 돌아갔습니다. 아! 해 저문 강변에서 소들을 데리고 집으로 갈 때 울던 소들의 그 한가로운 울음소리는 우리가 살던 전형적인 고향의 풍경이었습니다. 소를 데리고 강 건너로 일을 갔는데, 갑자기 운암 댐 문을 열어 큰물이 불면 사람들은 소 고삐를 벗겨 몸에 단단히 맨 다음 그 큰물에 소를 몰아넣었습니다. 그러면 소는 목만 물 위로 드러내놓고 그 파란 물결을 따라 마을 쪽으로 건너왔지요. 소가 그렇게 강물을 건너오면 동네 사람들은 강가에 서서 마음을 졸이다가 소가 강을 무사히 건너와 물 밖으로 서서히 몸을 드러내며 강기슭으로 걸어 나오면 고함을 지르고 손뼉들을 치며 좋아했지요.

그런데 어느 해부턴가 소를 키우라고 나랏돈을 융자를 해주었어요. 아버지도 융자를 받아 커다란 황소를 두 마리나 사서 키웠지만 그해에 소 값이 똥값이 되는 바람에 그 뒤로는 소를 키우지 않았습니다. 동네 강변이 텅 빈 지가 오래되었습니다. 강변에 소들이 사라지면서 마을도 텅텅 비어갔습니다.

우리 동네에는 지금 두 집이 소를 키우고 있습니다. 동환이 아저씨는 산속에서 여러 마리의 소를 키우고, 종만이 아저씨네는 지금도 옛날 그 외양간에서 소를 키웁니다. 종만이 아저씨네 집 소가 얼마 전에 암송아지를 낳았습니다. 나는 이따금 그 집 외양간에 가서 어미 소가 송아지를 핥는 그 정겨운 모습을 보곤 합니다.

우리는 지금 촛불을 들고 거리를 헤매며 우리 마음속에서 사라진 소를 찾고 있는지도 모릅니다. 소가 없는 고향 마을 강변을 생각하면 쓸쓸하고 눈물 나잖아요. 슬픈 일입니다.

호미

　내가 사는 전주 집은 아파트입니다. 내가 자는 아파트는 무려 20층 짜리입니다. 20층이니, 베란다에서 아래를 내려다보면 어질어질하지요. 우리 라인만 해도 20층에 총 40가구가 삽니다. 우리 동네 가구 수가 14가구니, 대단하지요. 한 집에 평균 3명이 산다고 해도 120명입니다. 우리 동네 전체 인구가 30명이니, 이 또한 대단합니다. 그 20층 아파트 속에서 내가 자는 방은 19층입니다. 전주 가면 나는 19층 공중에서 잠을 잡니다.

　내가 자는 집 바로 앞에 상당히 넓은 빈터가 있습니다. 아니, 빈터가 아니고 밭입니다. 한 400평은 너끈히 되는 이 밭은 개인이 경작하는 밭이 아니라 우리 아파트와 옆 아파트 주변 동네 사람들이 공동으로 경작하는 밭입니다. 주인이 누군지는 모릅니다. 그 밭을 어떻게 나누어 여기는 내가 짓고 저기는 누가 짓는지도 모릅니다. 아무튼 그 밭의 뚜렷한 구획을 보면, 그리고 그 구획을 따라 심어진 여러 가지 농작물들을 보면 20가구가 더 넘게 농사를 짓고 있음을 알 수 있습니다. 아침에 일어나 그 밭을 내려다보거나 심기가 불편해서 베란다에 서서 화를 삭이며 그 밭을 내려다보면, 아주 적절하고도 평등하고 확실하게 구획 지어져 있는 밭에서 이런저런 채소들이 이렇게 저렇게 자라고 있는 모습은 때로 내 마음을 가라앉혀줍니다.

나는 진짜 잠을 일찍 잡니다. 9시 뉴스를 끝까지 보고 잠이 드는 날은 아주 드뭅니다. 무슨 특별한 축구경기가 있다거나 아니면 무슨 재미있는 영화를 한다거나, 아무튼 그런 특별한 날을 빼고는 거의 9시 이전에 잠을 잡니다. 어쩌다가 베란다에 서서 전주 엠비시 앞의 수많은 모텔 불빛과 교회 십자가와 그리고 모텔 거리의 그 화려한 술집의 불빛들을 보며 나는 고함을 지릅니다.

"야 이 새끼들아! 밤이면 일찍 집에 가서 자빠져 자거라."

그러나 그 거리의 밤은 11시가 넘으면 봄날 수양버들 물오르듯 싱싱하게 물이 오른답니다. 내가 거리를 향해 고함을 지르면 아내가 말립니다. 남이사 전봇대로 이빨을 쑤시든 빗자루로 기타를 치든 당신이 무슨 간섭이냐고요. 그러나 밤이 되면 잠을 자야지요. 밤이 되어도 잠을 안 자고 자빠져 노는 사람들은 낮 동안 고된 노동을 하지 않은 사람들입니다. 물론 아닌 사람들도 많겠지요. 나라와 민족의 경제 활동을 위해 불철주야 일을 하는 사람들도 많지요. 아무튼 나는 물 좋은 곳에서 인간들이 실컷 물을 마시든 말든 일찍 자고 일찍 일어납니다.

어느 날 새벽이었습니다. 그날도 나는 일찍 자고 일찍 눈을 뜨고 자리에서 뭉그적거리고 있는데, 어디선가 호미질 소리가 들리는 거예요. 그것도 아주 나직나직 두런거리는 사람들의 이야기 소리와 함께 말입니다. 그런 두런거리는 소리는 치열한 생존경쟁에서 살아남기 위한 '처세술'로 다듬어진 어쩐지 공허하고 세련된 그런 목소리가 아니라, 오랜 농경사회에서 자연에 순응하며 사는 농부들의 순박한 말소리였습니다. '가만 있어봐. 여기가 지금 시골이 아니고 전준디.' 하며 나는 정신을 가다듬고 흙속을 파고드는 호미 소리와 흙속을 파고들 때 호미 끝에 부딪치는 자갈 소리에 바짝 귀를 기울였습니다. 분명한 호미질 소리였습니다. 아침을 달리는 소란스러운 차 소리 속에서 들리는 호미질 소리는 의외로 확실했습니다. 나는 슬그머니 일어나 그 호미질 소리와 할머니들이 두런거리는 소리가 들리는 밭을 내려다보았습니다. 아직 아침이 오려면 멀었는데, 세 명의 할머니들이 따로따로 자기 밭 두럭에 아주 자연스럽게 쭈그려 앉아 밭일을 하며 이야기들을 하고 있었습니다.

옛날 어머니들은 날이 밝기가 바쁘게 새벽 강을 건너, 곡식과 풀이 분간이 가는 밝음만 있으면 밭에 가서 일을 했습니다. 이른 새벽에 가서 일을 하면 거의 한나절 일을 할 수 있었지요. 그리고 날이 밝으면 집에 와 밥을 해먹고 남의 집 일을 갔습니다. 그때 어머니들이 강 건너에서 호미질을 하는 소리를 내 방에서 들었으니까요. 우리 동네 밭들은 대개 자갈밭이었지요. 아이들 주먹만 한 자갈들이 어찌나 많은지 흙이 잘 보이지 않을 정도였습니다. 그런 자갈밭에 곡식이 잘되는 것을 보며 사람들은 자갈이 오줌을 싼다고 했습니다. 아무튼 나는 호미가 자갈들을 건드리는 어머니들의 부지런한 호미질 소리를 들으며 잠에서 깨어나곤 했습니다. 그런 어머니들의 호미질 소리를 19층 아파트에서 듣는다는 것은 아무튼 이런저런 생각을 많이 하게 했지요.

시골에 일주일만 있다가 전주 시내에 들어서면 제일 먼저 내 눈에 띄는 것은 여자들의 흰 다리입니다. 그럴 때마다 나는 김수영 시인의 '자본주의 거리에서 여자들이 없다면' 운운하는 글이 생각나곤 합니다. 어느 날은 친구와 함께 자주 가는 우리 아파트 뒤에 있는 화산공원에 갔습니다. 화산공원은 전주 시내 중심에 있는 흙길이 좋은 작은 동산인데 아주 아기자기한 원시림에 가까운 산입니다. 전주에서 잠을 잘 때면 나는 꼭 이 친구와 함께 아침에 산을 갑니다. 전주예수병원 가는 작은 고개를 넘다 보면 그 산을 오르는 입구가 나옵니다. 그 산 입구 직전에 작은 밭이 한 뙈기 있지요. 그곳에도 할머니들이 감자며 콩이며 고구마며 고추며, 쑥갓이나 토란이나 상추를 심어놓습니다.

지난달이었지요. 그 밭을 지나는데 밭에서 할머니 한 분이 푸석푸석 가문 땅에 고구마 순을 심고 있었습니다. 잘 알다시피 고구마는 작은 줄기에 고구마 잎 두어 개씩 달린 순(줄기)을 땅에 심으면 그 연한 줄기에서 뿌리가 나고 줄기가 땅속으로 뻗어가며 고구마가 듭니다. 어떻게 저 연한 줄기에서 뿌리가 나고 그 큰 고구마가 드는지 참으로 신기하기만 합니다. 아무튼 그 밭에서 할머니 한 분이 가문 땅에 고구마 순을 놓고(심고) 있어서 친구와 내가 "할매, 시방 겁나게 가물어분디, 그렇게 고구마를 놓아갖고 죽어불면 어쩔라고 그런다요." 그랬더니 할머니는 우리들을 쳐다보지도 않고 고구마 순을 아주 자연스러운 손놀림으로 땅에 박으면서 "냅두쇼, 죽을 놈은 죽고 살 놈을 살것지라." 그러면서 "여그 물이 있어라우. 순 놓고 물 줄라요." 하십니다. 나는 "할매, 나는 갈팅게 고구마 잘 키워놓으쇼 잉. 오며가며 내가 캐묵을랑게." 그랬더니 "맘대로 허쇼." 하며 열심히 고구마 순을 놓고 있었습니다. "죽을 놈은 죽고 살 놈은 산다"는 그 말을 곱씹으며 산책을 했습니다. 어제 그 길을 가며 밭을 보았더니 한 포기도 죽지 않은 고구마 순이 싱싱하게 넝쿨을 뻗어가고 있었습니다.

언젠가 전주 한옥마을에 갔습니다. 한옥마을에는 한옥마을 거리 조성의 일환으로 길을 넓히고 작은 실개천을 만들어놓았습니다. 그

실개천을 따라 사람들이 걸어 다닐 수 있는 아기자기한 길을 조성해놓았지요. 높은 건물이 보이지 않고 기와집들이 늘어서 있는 거리 곳곳에 소나무와 느티나무와 작은 나무와 풀꽃들이 핀 거리를 한갓지게 걷다 보니 기분이 매우 한갓지고 상쾌해지기까지 했습니다. 사람들이 자연을 도시로 가져오는 것은 그렇게 자연스러운 평화를 주는 것입니다. 그 길가 작은 공터에 또 채소밭이 있었는데 쑥갓과 상추가 아주 싱싱하게 자라고 있었습니다. 그 작은 밭이 마치 조경을 해놓은 것처럼 보여서 기분이 좋았지요.

청개천 복원을 본 따, 많은 지자체들이 자기 도시의 개천을 환경 친화적이고 생태적이고 지속발전 가능한(나는 이 말을 아주 싫어합니다. '지속'이라는 말과 '발전'이라는 말이 '가능'이라는 말을 억누르고 있는 불쾌한 기분도 그렇고, 지속이라는 말과 발전이라는 말은 어떻게든 '구조적인 악의 편'에 설 수밖에 없는 자본의 날카로운 칼이 양 날을 세우고 있는 것처럼 들리기 때문입니다. 특히 우리나라같이 시대착오적인 토건업에 경제발전의 목을 매달고 있는 나라에서는 더 그렇습니다.) 실개천을 복원하고 생태공원들을 조성하고 있습니다.

그러나 지금 아파트 건물이 들어선 도시의 곳곳이 옛날에 논이나 밭이 아니었는지, 벼가 자라고 보리가 자라고 복사꽃과 살구꽃이 피는 과수원은 아니었는지, 시냇물만 복원할 게 아니라 우리들이 살고 있는 도시의 한복판에 논이나 밭도 얼마쯤 복원해보면 어떨지, 사람들이 공원에서 나무나 집이나 물만 볼 게 아니라 농사를 짓고 있는 농부의 손이나 땅을 파는 호미질 소리나 괭이질 소리나 삽질 소리를 듣게 하는 것은 어떨지, 허리 굽혀 땅을 파는 사람들 손끝에서 자란 곡식들을 사람들에게 보여주는 것은 어떨지, 나는 그런 아주 '생태 순환적'이고 '친환경 농업적인' 생각을 한번 해보았습니다. 시장이 어디를 가다가 논에 풀이 있으면 구두를 벗고 들어가 풀을 뽑고, 장다리꽃 피는 보리밭에 들어가 쭈그려 앉아 지심을 매고 있는 모습은 시민들에게 얼마나 든든해 보일까요. 그런 생각을 한번 해보았습니다.

낯선 풍경

아침마다 4시 30분만 되면 어김없이 내 단잠을 깨우는 우리 뒷집 빈터의 닭은 보기에도 무섭게 생겼습니다. 크기도 크기지만 벼슬 색깔과 몸 색깔 붉기가 어쩐지 괴기스럽기까지 해서 보기만 해도 으스스합니다. 그 닭은 지붕만 빼고는 사방이 철조망으로 되어 있는 개집에 삽니다. 개 값이 좋을 때 만들어 개를 키우다가 개 값이 똥값이 되어버리니 개를 다 팔고 폐계 한 쌍을 사다 놓았지요. 앞서 제가 쓴〈폐계〉라는 그 시의 주인공(?)입니다. 그러나 그 폐계는 전혀 폐계 같지가 않습니다. 오랫동안 좁은 울안에 갇혀 있으면 조금이라도 기가 죽어 어수룩할 때가 오련만, 이 닭은 전혀 그런 것 같지 않고 날이 갈수록 되레 기가 펄펄 살아나는 것 같습니다. 닭이 울 때는 홰를 치잖아요. 그런데 이 닭집은 닭이 두 날개를 쫙 펴서 홰를 칠 만큼 넓지가 않아서 홰치는 소리가 아주 답답합니다. 홰치는 소리가 시원치 않아 '꼬끼요오오오' 하는 장닭 울음소리 특유의 긴 여운이 없습니다. 닭집을 지나다가 "욱!" 하고 발을 굴러 겁을 주면 이 닭이 '너 같은 것은' 하는 몸짓을 하며 전혀 신경을 쓰지 않는 모양이어서 말같지 않게도 닭한테 자존심이 꽉 상할 때가 다 있다니까요.

어느 날 그 닭집 앞을 지나다가 한 번 나무막대기를 닭집에 넣고 건드려보았더니, 그냥 아무런 반응이 없데요. 그래서 다시 철조망에 넣은 막대기를 이리저리 휘둘러보았더니, 이놈이 글쎄 나를 똑바로 쳐다보며 날개를 쫙 펴고는 앞발 두 개를 세우고 확 달려드는 거예요. 그 폼이 어찌나 기세등등하던지, 나도 모르게 움찔 뒤로 물러나며 "저런, 저, 저, 닭대가리가" 했다니까요. 옛날 정수네 집에서 장닭 한 마리를 오래 키웠는데, 그 집 마당을 지나다가 닭이 나에게 달려들어 내 눈탱이를 쪼아 피를 흘리게 한 적이 있었습니다. 그때 그 일로 나는 시뻘건 벼슬이 축 처지고 몸이 붉은 장닭을 보면 지레 겁이 납니다. 그런 놈들은 코브라처럼 머리를 꼿꼿이 세우고 앞을 똑바로 보며 끄덕끄덕 당당하게 걷거든요.

그런데 어느 날 닭장을 치우기 위해 이 닭을 내놓았다가 다시 몰아넣으려고 작대기로 슬슬 몰아가는데, 닭이 갑자기 자기를 몰아가는 종길이 아제의 정면을 향해 앞발을 세우고 날개를 퍼덕이며 우악스럽게 달려드는 거예요. 아제가 겁이 나서 "어메!" 하며 도망을 가는데, 그런데 이놈의 장닭이 푸드덕 날더니 아제의 뒷덜미까지 날아올라 등에 착 붙는 거예요. 구경을 하던 우리들은 모두 질겁을 했지요. 사나운 개나 호랑이나 사자가 짐승에게 달려들 때 짐승의 뒷덜미를 공격하잖아요. 놀라웠지요. 성질난 아제가 작대기를 휘둘러 그 닭을 잡아 안 죽을 만큼 심하게 패서 닭집에 도로 넣었습니다. 나는 종길이 아제를 향해 기세등등하게 달려드는 닭을 보며 엉뚱하게도 "닭 모가지를 비틀어도 새벽은 온다"는 말을 하신 분을 생각하며 혼자 괜히 쿡쿡 웃음이 나왔답니다. 그리고 이 닭의 이런 '버르장머리'를 반드시 고쳐야 한다는 것이 '일관된' 나의 생각이었습니다.

철새인 청둥오리들이 봄이 되면 자기들이 살기 좋은 곳으로 떠나야 하는데, 봄이 가고 뜨거운 여름이 되어도 가지 않고 앞강에서 삽니다. 기후변화 때문인지 아니면 자기들이 철새인 걸 잊어버렸는지, 멀고 먼 길 오가는 일이 귀찮아서 그런지 아니면 여기서 사는 게 좋아서인지 몰라도 오리들이 여러 해 전부터 앞강에서 여름을 나지요. 이 오리들이 앞강 물 위를 날아다니는 걸 올려다보며 사람들은 이렇게 말합니다.

"아니, 저것들 시방 미쳤는가벼, 왜 갈 줄을 몰라."

어쩔 때는 동네 집 위로 가까이 날아다니기도 하고, 벼가 자라는 논으로 들어와 놀기도 합니다. 여름이 깊어지면 새끼들을 데리고 강물을 돌아다니는 것이 눈에 띌 때도 있지요. 어미 오리들을 따라다니는 새끼오리들은 열두어 마리쯤 되어 보입니다. 이 야생오리들을 본 사람들이 어찌 또 가만히 있겠습니까. 잡아다가 어떻게든 키워 '원조 야생오리탕 전문집'을 만들고 싶겠지요. 온갖 꾀를 동원해서 한번 잡아보려고 하지요. 그러나 이놈들이 어찌나 약삭빠르고 눈치가 비상한지, 날래고 쏜살같던지, 사람들이 새를 잡는 총으로 총질을 하려고 자세를 취하기도 전에 풀숲으로 감쪽같이 숨어버립니다. 그리고는 전혀 엉뚱한 곳에서 불쑥 나타나 비비거리며 돌아다니지요. 그물을 놓아 잡아보려고도 하고, 투망을 던져 잡아보려고도 하고, 별의별 수단과 방법을 동원해보지만 아직까지 오리를 생포했다는 소식을 나는 아직 접하지 못했습니다.

며칠 전이었습니다. 점심을 배불리 먹고 마을 앞 정자에서 바람을 쐬고 있었습니다. 우리 동네 정자에 앉아 있으면 더운 여름에도 간이 다 서늘하게 시원합니다. 사방이 툭 터지고, 엎어지면 코 닿을 곳에 강물이 흘러와 마을 앞을 지나 산굽이를 휘돌아나가는 것이 끝까지 다 보입니다. (우리 군이나 이웃 군이나 마을마다 정자를 다 지어놓았지요. 그런데 대개의 마을 정자들이 마을의 이런저런 사정을 고려하지 않고 장소를 잘못 잡아 지어놓았기 때문에 동네에서 제일 좋은 정자가 풍경만 꾸며줄 뿐 여름 내내 개미새끼 한 마리 얼씬하지 않는, 그야말로 무용지물이 된 게 한두 채가 아닙니다.) 그 시원한 정자에서 바람을 쐬고 있는데, 오리 두 마리가 동네 가까이 마을 주위를 몇 바퀴 돌더니 동네 집 위를 빙빙 돌며 날아다니는 거예요. 오리들이 강물 위나 들판 위를 날아다니는 것은 아주 자연스러운데, 동네 집 지붕 가까이 날아다니는 것은 어쩐지 어색하고 어처구니가 없기도 하고, 뭣이냐, 좀 거시기하더라고요. 내 옆에 누워 있는 만조 형님더러 "저것들이 미쳤나. 마을 위를 다 날아다니게." 그랬더니, "아까부터 나도 보고 있었어. 요새는 저것들이 정자나무 밑에도 앉아 있데. 참내." 하는 거예요.

우리들이 자기들 흉을 보고 있는지를 아는지 모르는지 오리들은 동네 위를 두어 바퀴 돌더니, 어? 어? 하는 사이에 세상에나!, 이것들이 놀랍게도 집 위를 지나는 전깃줄에 앉으려고 하는 거예요. 정말 어처구니없는 일이 벌어지고 있는 이 놀라운 광경(?)에 경악을 금치 못한 나는 형님을 부르는 한편, 전깃줄에 앉으려고 파닥거리다가 도로 날고, 또 앉으려다가 푸드덕 날아오르는 오리들에게 "야! 야! 야 들아! 너그는 참새가 아니고 오리거든." 하고 자기들이 오리임을 일러주어도 오리들은 계속 전깃줄에 앉으려고 하는 거예요. 한 쌍의 오리는 그렇게 계속해서 전깃줄에 앉으려고 푸드덕거리다가 결국은 성공 못하고 날아갔습니다. 바로 우리 코앞에서 감히 그딴 짓을 하다니, 정말 놀랍잖아요. 이게 글이니까 그렇지, 그런 풍경을 직접 본 나는 얼마나 어이가 없었겠어요. 자기들이 철새인 줄 잊어먹고 텃새 노릇을 하는 이유도 나는 아직 해결하지 못했는데, 이것들이 참새가 전깃줄에 예쁘게 앉아 노는 것을 어디서 보기는 보았는지 아니면 지들이 참새인 줄 착각을 하고 있었는지 얼토당토않은 일을 하는 짓이 정말 어처구니가 없었습니다.

오리발을 한번 생각해보세요. 줄 타는 남사당패가 아닌 바에야, 세상 무슨 일이 있어도 물갈퀴 발을 갖고 있는 오리는 절대 전깃줄에 앉을 수 없습니다. 전깃줄에 앉으려면 전깃줄을 발가락으로 착 감아야 하는데 오리 발가락의 구조가 절대 그렇게 되어 있지 않고, 또 몸의 무게와 다리의 길이가, 그러니까 몸의 균형이 절대적으로 그렇게는 못하게 되어 있거든요. 참새들이나 제비들이 전깃줄에 앉아 있는 모습을 보고 자기들도 새이니 한번 그렇게 해보려고 했는지 모르지요. 그래도 그렇지, 세상에 어찌 오리가 전깃줄에 앉을 수 있겠습니까. 아니 전깃줄에 앉으려고 하다니 말이 됩니까. 분명 아주 낯선 풍경이었습니다.

아내

어느 문학잡지에 연재하는 고은 선생님의 일기를 무지 신나게 읽고 있습니다. 문학이 정치를 만나면 그렇게 신바람이 나는구나, 하는 생각이 들었습니다. 이제 우리에게 다시는 그런 연대적인 열망과 열정, 격정적인 순정의 시대가, 선생님의 일기같이 가슴 먹먹한 문학적 일상이 없겠지요. 일기 중에서 특히 신경림 선생님이 사시는 이야기를 읽을 때는 목이 꽉 메어왔습니다. 지금도 그 글을 생각하면 눈시울이 더워져옵니다. 선생님의 일기를 보면 술을 안 먹는 날이 없습니다. 술을 먹고 "뻗었다"라는 말이 그렇게 재미가 있습니다. 그런데 그 술 먹는 일과 거의 동시에 가장 많이 먹는 것이 아욱죽과 아욱국입니다. 술 먹고 '뻗'는 사람들은 날마다 다르지만, 예를 들자면 "송기원과 이

시영과 술 먹고 뻗"은 날 아침에 "아욱죽을 먹다" 이런 식이지요. 아내가 고은 선생님의 그 아욱죽 이야기를 읽은 날 아침, '오늘은 아욱국을 끓여야겠다'라고 생각하며 전주아파트 뒷산을 올라갔다가 내려오는데 마침 할머니 두 분이 밭에서 아욱을 뜯고 계시더랍니다.

"할머니, 나 아욱 좀 주지."

"안 돼야."

"왜?"

"내가 왜 첨 본 지비한테 아욱을 줘?"

"참, 이상하네, 밭에서 아욱을 뜯으며 아욱을 안 준대?"

할머니들이 고개를 들고 아내를 쳐다보더래요.

"글면 팔아."

"안 돼, 뭔 아욱을 다 판대야. 이상하네."

"글면 그냥 줘."

"참내, 별 땡깡이 다 있네. 그러면 주께."

"아녀, 돈 주고 살 거여."

"뭔 아욱을 돈 주고 판대야."

그러면서 할머니 두 분이 뜯어놓은 아욱을 비닐 주머니에 주섬주섬 담아가지고는,

"자, 가져가. 우린 새로 뜯을랑게."

"돈 줄 거여."

"아, 싫어, 돈은 뭔 돈이여, 시방."

"5천 원 줄 거여."

"미쳤네. 왜 돈을 준다고 혀."

"그래도 줄 거여."

"참네, 별 사람을 다 보겠네."

"얼마 주냐고?"

"그려, 글면 천 원만 줘봐."

"아녀, 천 원은 안 돼야. 2천 원 줄 거여."

2천 원을 주니까,

"그러면 상추 좀 뜯어주까."

아내가 "아니, 상추는 집에 있어. 글면 할매, 나 가께." 하고 돌아오
니 할머니 두 분이 서로 얼굴을 마주보며,

"참, 별일이고마인~. 밭에서 돈을 다 받고."

안동 삼현(이오덕, 권정생, 전우익 선생님을 어떤 이들은 그렇게 불렀
지요.) 중의 한 분인 전우익 선생님께서 살아계실 때 우리 시골집에
자주 오셨습니다. 오시면 며칠씩 묵고 가셨지요. 선생님께서 처음
우리 집을 찾으셨을 때도 며칠 묵고 추운 날 아침 길을 떠나셨습니
다. 나와 아내는 마을 앞 정자나무까지 배웅을 나갔습니다. 강바람
이 매서웠습니다. 찬바람 속에 웅크리고 선 아내가 막 돌아서려는

선생님을 향해 "근데요, 선생님. 제가 이 돈 드리면 안 돼요?"라며 부끄러운 듯 선생님을 빤히 올려다보며 손에서 꼬깃꼬깃 접은 1만 원짜리 돈을 선생님 손에 쥐어주었습니다. 선생님께서는 자기 손에 쥐어진 돈을 내려다보시다가 아내를 빤히 바라보시며 "오냐. 받으마. 아가, 내 이 돈을 쓰지 않고 갖고 있다가 죽기 전에 너 주마." 하셨습니다. 나는 지금도 그때 강변 추운 바람 속의 그 아름다운 장면을 떠올리면 가슴이 따뜻해져온답니다. 우린 그때 정말로 가난했거든요.

그리고 많은 세월이 흐른 어느 날 대구에서 전화가 왔습니다. 선생님께서 위독하신데 우리를 찾는다는 것이었습니다. 아내와 나는 부랴부랴 대구로 달려갔지요. 그때 그 이야기를 하면서요. 선생님은 많이 고통스러워하셨습니다. 우리는 입원하시는 것을 보고 돌아왔습니다. 그리고 얼마 후 나는 신문에서 선생님의 장례 소식을 접했습니다.

몇 년 전 어느 날, 전주 시내에서 일을 다 보고 예술회관 앞을 지나게 되었습니다. 마침 그림 전시 오픈 날이었습니다. 그림 보기를 좋아하는 나는 무조건 전시실로 들어갔습니다. 전시실에 들어갈 때 나는 꽃다발이 많은 전시실은 일단 멈칫합니다. 입구에 고위층의 꽃다발이 많은 사람치고 그림 잘 그리는 사람을 나는 아직 보지 못했거든요. 아무튼 그날 그 전시실 입구에는 꽃다발이 보이지 않았습니다. 그 화가의 첫 개인전인 모양이었습니다. 단체전에서 이따금 한두 작품씩 접했던 화가였습니다.

전시장을 둘러보니, 이 화가의 진지함과 진정성이 느껴졌습니다. 진정성이 현실적인 설득력까지 얻고 있어서 전시장은 긴장감이 감돌았습니다. 나는 아주 천천히 그림을 둘러보기 시작했습니다. 남자의 나체를 주로 그리는 화가였는데 그날 전시된 작품들이 거의 남자의 나체였습니다. 현대사회 속에서 시달릴 대로 시달린 남성들의 성기와 육체들은 참으로 슬퍼 보였습니다. 적어도 이 작가는 우리가 사는 현대-현실을 고민하고 있었습니다. 그림에 현실적인 고민이 없으면 영혼이 깃들지 않지요. 영혼 없는 그림처럼 맥빠진 그림이 없거든요. 무슨 그림들을 똑같은 풍경을 감동도 없이 그리 많이 그려대는지 원.

아무튼 나는 그림을 다 둘러보고 그중에서 아주 작은 그림 앞에 오래 서 있었습니다. 그리고 이 그림을 사야겠다고 마음먹었습니다. 아는 화가가 지나가길래, "야, 너 좀 이리 와봐. 내가 이 그림 살 테니까 다른 사람들 못 건들게 좀 해놔봐." 그래 놓고 집으로 왔지요.

아내에게 가지고 온 전시 팸플릿을 주며 "이 그림들 중에서 내가 사기로 한 그림이 있으니, 당신이 어떤 그림을 내가 사려고 했는지 내일 아침까지 한번 찾아봐." 했습니다. 아침에 일어나 내가 그림을 찾았냐고 하니, 두 개의 작품을 추려놓고 이거 아니면 저거라는 것이었습니다. '화! 이 여자 봐.' 그 두 개의 작품 속에 내가 고른 한 개의 작품이 있었습니다. 그러지 말고 이 둘 중에 내가 고른 작품이 있으니 한 개만 골라보라고 했더니 아니나 다를까 "이거" 하며 고른 작품이 내가 고른 작품이었습니다. 우리들은 놀라 서로 얼굴을 바라보았습니다. 내가 당신이 오늘 직접 가서 한번 그 그림을 보라고 했습니다. 퇴근해서 그림 보았냐고 하니까 가서 보았더니 맘에 든다고 했습니다. 그러면 우리 둘이 가서 한 번 더 보자고 해서 둘이 가서 그 그림을 오래오래 바라보았습니다. 바라볼수록 평생 가지고 있어도 후회하지 않겠다는 생각이 들었지요. 그래도 우리들은 미심쩍어서 그 이튿날 또 가서 보고, 또 시간을 내서 그 이튿날도 가보았습니다.

그림을 내리는 날이 되어 아침에 출근하며 오늘 그림 값 계산하고 그림을 가지고 오라고 했습니다. 퇴근을 해서 현관문을 열고 들어섰더니, 우와! 그 그림이 거실 정면 마루 벽에 비스듬히 기대고 서 있었습니다. 그때 보아도 그 그림은 좋았습니다. 우리의 선택이 만족스러웠지요.

아내더러 그림 값을 얼마 주었냐고 했더니, 얼마 달라고 해서 10만 원을 더 주고 왔다고 했습니다. 화가가 한사코 받지 않겠다는 것을 우겨서 손에 쥐어주고 왔다고 합니다. 10만 원이면 우리가 선뜻 어디에 줄 만한 그런 돈이 아닙니다. 돈을 더 줄 수도 있다는 일에 우린 스스로 감동했고, 돈을 더 주고도 행복한 일상이 있다는 것에 놀랐

고 또 감동했지요. 그 그림 때문에 우리가 며칠 동안 행복했던 것을
또 어찌 돈으로 계산하겠습니까.

두 할머니

학교 운동장 가에 있는 아름드리 벚나무 숲에 둥지를 틀고 알을 낳아 새끼를 기르던 딱새, 딱따구리, 물새, 박새들이 새끼들을 길러 집을 떠났습니다. 그러나 내가 앉아 있는 창문 앞 탱자나무에 아침부터 참새들이 떼를 지어 날아와 지지고 볶고 지글 자글거리기 시작해서 해가 질 때까지 어찌나 오두방정을 다 떨며 지랄들을 떨어대는지, 어쩔 때는 정말 신경질이 나서 "조용히들 좀 안 해!" 하고 고함을 꽥 질러 새소리들을 잠재우기도 합니다. 그러나 조금 지나면 또 서서히 한두 마리가 짹짹거리기 시작합니다. 조용하다가 그렇게 한 마리가 '째 ~애액' 하며 울려고 할 때 다시 꽥 소리를 질러버리면 짹 소리가 쏙 들어가버립니다. 그러다가 내가 조금만 방심한다 싶으면 그 틈을 타서 다시 서서히 울기 시작하지요. 자기들도 그렇게 울 일이 있겠지만 나로서는 짜증날 때가 더러 있어서 그렇게 고함을 지르면 뚝 그쳤다가 참새가 먼저 슬그머니 다시 울기 시작하면 다른 새들도 덩달아 울기 시작하지요.

어쩔 땐 새와 내가 장난을 칠 때도 있어요. 의도된 내 고함소리에 새들의 울음소리가 뚝 그치면 나는 혼자 웃지요. 참새들의 우뚝 멈춘 눈망울이 상상되거든요. 참새들도 아마 나처럼 그렇게 생각할지 모르지요. 참새들은 사람들이 사는 마을에서 살기 때문에 눈치코치가 어찌나 빠르던지 하는 짓을 보면 '아휴, 저걸 그냥' 할 때가 있습니다. 지금은 너무 조용해서 은근히 새 울음소리가 기다려지기도 합니다.

내가 앉아 있는 방 앞 탱자나무에 달린 탱자는 2학년 아이들 부랄만 하게 커졌습니다. 탱자는 사실 꼭 그것같이 쭈글쭈글하게 생겨서, 무슨 일에 앞뒤 모르고 덤벼드는 사람을 보고 "뭣도 모른 것이 그것 보고 탱자라고 간짓대(장대) 갖고 덤벼든다"고 나무라기도 합니다.

아침부터 날씨가 푹푹 찝니다. 이른 더위가 찾아와 어찌나 덥던지 학교 밑 마을 할머니들이 이른 아침부터 학교 운동장 앞 벚나무 아래에 찾아와 앉아 놉니다. 벚나무 밑이 동쪽과 남북으로 멀리 툭 터진 곳이어서 바람 결이 한결 시원하지요. 할머니 두 분 중 한 분은 동창 어머니고 한 분은 선배 어머니입니다. 동창 어머니는 허리가 기역자로 굽으셨습니다. 기역자로 굽은 허리를 받치는 지팡이를 짚고 땅이 꺼질세라 어찌나 가만가만 조심조심 천천히 걸으시던지 내가 동창을 만나면 "야, 어머니가 집에서 학교로 오시면 한나절은 걸려서, 아침 밥 드시고 학교에 오자마자 바로 점심때가 되어 도로 집으로 가신다"고 하며 웃곤 합니다.

두 할머니는 참으로 신기하게도 아주 긴 시간을 말없이 보냅니다. 사람들이 말을 안 하고 가만히 마주앉아 있으면 서로 눈치를 보다가 어색해져서 무언가를 손으로 만지작거리며 무슨 말인가를 자꾸 하려고 멈칫하기도 하는데, 이 두 할머니는 그냥 아주 자연스럽게 각자의 방향을 바라보며 긴 침묵 속에 빠져 있습니다. 한 분이 강 건너 마을을 바라보고 계시면, 한 분은 학교 뒷산을 바라보고 앉아 있지요. 목적을 가지고 무엇을 바라보고 싶어서 그런 게 아니라 그냥 눈길이 그곳으로 갔으니 그것을 보고 있는 것처럼 보입니다. 이따금 바람이 불거나 또는 매미가 울면 그냥 무심히 "바람이 부는고마잉~." 아니면 "매미가 우네." 하고는 또 각자 생각에 빠져 한가하고 잠잠합니다.

나는 이따금 나뭇잎에 바람 지나가는 것 같은 할머니들의 말을 들으며 정신이 퍼뜩 들기도 하지요. 팔십 평생을 살아오신 삶의 무게가 담기고 얹힌 무심한 말들은 내게 그냥 지나가는 말로 들리지 않기 때문입니다. 한마디 말 속에서 세계를 읽고 우리가 사는 세상을 해석하려고 노력하는 게 시인이 아니던가요. 얼치기 시인인 내가 세계를 새로 해석하려고 애를 쓰든 말든 할머니들은 아무렇지 않은 말 한마디를 지나가는 바람 결에 실어 보내놓고는 또 긴 침묵 속으로 들어갑니다. 말이 필요 없는 저 적막이 나를 압도하기도 하고 편안하게 하기도 합니다. 나는 그렇게 그림처럼 앉아 있는 두 할머니를 가만히 바라보고 있을 때가 많지요.

'글을 쓰면 뭐 하고 책을 읽으면 뭐 하나. 산다는 것은 무엇이고 죽는다는 것은 무엇인가. 인생은 바람 같은 것인데, 사는 것이 금방인데, 사는 일이 덧없고 허망한 일이 아닌가.'

인생은 저 벚나무 한 잎을 흔들고 지나가는 바람 같은 것이라는 생각을 따라가다 보면 깜박 정신을 놓을 때도 있습니다. 아등바등할 일이 아니지요. 다 부질없지요. 가만히 생각해보면 여든이 다 된 분들이 무슨 말을 할 필요가 있겠으며 힘주어 무슨 주장을 또 어디다가 하겠습니까. 무심하고 또 무심하게 앉아 있는 두 노인의 그 목석 같은 모습이 나는 좋습니다.

인생이 몇 백 년을 사는 것도 아니지요. 사람들이 일생 동안 하는 짓들이 쓰고 남을 일보다 소용없는 헛짓이 더 많지요. 그렇게 생각하면 물밑같이 가라앉은 마음으로 지금 우리가 사는 세상이 들여다보입니다. 생각들이 다르다고 한 나라 안에 살면서 저렇게 서로 원수 대하듯 험한 얼굴로 살 일이 아니지요. 적군을 대하는 것처럼 서로 앙갚음질을 하는 정치, 경제, 문화, 종교, 교육의 일도양단된 '판'이 참으로 무섭고 슬픕니다. 독 오른 독사새끼들처럼 고개를 번뜩 쳐들고 살벌하게 돌아다니는 사람들이 무섭습니다.

정말이지 이러는 게 아니고 그럴 일이 아니지요. 의견이 서로 다를지라도 사람들이 제발 저 말없는 할머니들 모습들처럼 온화하고 평화롭고 너그러워졌으면 좋겠습니다. 대통령이나 장관들이 불가피하게 국민들을 혼낼 일이 있으면 나랏일 하는 아랫사람들을 이웃도 모르게 질타하시고, 당신들은 이따금 시골 논길을 지나시다가 차를 세워 논일하는 농부들과 농도 하시고, 구두와 양발을 벗고 논에 들어가 지심도 뽑아보고, 정자나무 밑에서 수박이라도 같이 먹으며 파안대소하시는, 그런 정답고 다정한 모습을 보여주십시오. 나라님들이 하시는 일에 감동 없이 사는 백성들이 정말 너무 불쌍합니다.

오늘도 그 두 분이 아침 일찍 오셨습니다. 더워도 너무 덥습니다. 더위를 부추기며 매미가 웁니다. '일추개 일추개' 하며 우는 매미가 있지요. 할머니 한 분이 그 일추개 매미 소리를 귀로 잡은 모양입니다. "저 매미는 일을 빨리 추리라고 '일추개 일추개' 하며 운다만." 하니, 그 말을 들었는지 안 들었는지 잊어버릴 만한 시간이 지난 후 다른 할머니가 "날이 뜨거우니 해뜨기 전에 논매라고 매암매맘 하며 우는 매미도 있어." 하십니다. 그리고는 한참 후에 다른 한 분이 "해 넘어가니 얼른 들에서 나오라고 뜰람뜰람 하고 우는 매미도 있어."

하십니다. 그러자 아까 일추개 매미 이야기를 했던 분이 "이울 양반 뽕알, 이울 양반 뽕알 하고 우는 매미도 있어." 하며 가만히 매미 우는 나뭇가지를 올려다봅니다.

'뽕알'이라는 말을 듣고 하도 궁금해서 밖으로 나가 나도 할머니들과 합석을 했지요. 그리고 '이울 양반 뽕알' 하고 우는 매미가 왜 그렇게 우는지 이야기를 해달라고 했습니다. 옛날에 이웃면 이울리에 이울 양반이라는 사람이 살았는데, 마을 회의를 하면 어찌나 혼자 차치고 포치며 자기 이야기만 막무가내로 해대던지 도저히 회의가 되지 않았답니다. 그 양반이 싸우듯이 목청을 높여 이야기를 시작하면 그 누구도 말리지 못해서 마을 사람들이 하나둘 자리를 뜨며 "이울 양반 때문에 오늘 공사(회의)는 글렀네." 했대요. 그 이울 양반이 하도 미워 '이울 양반 뽕알, 이울 양반 뽕알' 하며 매미가 운다고 합니다.

그 말을 듣고 내 방에 들어와 이 글을 쓰다가 밖을 보니, 어쩐 일인지 두 할머니가 학교에서 만들어놓은 시멘트 탁자에 턱을 괴고 아주 멋지게 현대적인(?) 여인들의 폼을 잡고 마주앉아 계십니다. 그래도 두 분이 바라보는 방향은 전혀 다른 방향입니다. 잘 그린 그림처럼 조용하고 담백하고 담담하고 깨끗한 침묵입니다. 침묵이라기보다는 나무와 나무가 서로 서 있는 자연처럼 보입니다. 두 분은 평생 저런 자연이었지요. 매미가 울고, 바람이 불고, 차들이 지나가는 소리가 들리지만 그 모든 소리들이 그 할머니들의 침묵을 간섭하지 못하는 모양입니다. 세상에 아무것도 부러울 게 없어 보이는 두 분의 저 평화로운 표정과 모습을 보며, 신선이 있다면 아마 저런 모습이겠거니 합니다.

공부를 많이 하고 아는 것이 많아야 세상의 이치와 순리를 터득하고 그대로 행하는 것이 아니지요. 다 나름대로 산 세월이 저분들을 저렇게 큰 나무 같은 자세로 만들었을 것입니다. 갖은 풍상을 다 겪으며 삶의 잔가지를 치고, 또 온갖 세상살이의 풍파 속에서 아픈 옹이를 다듬고 상처를 끌어안고도 용서하며 저런 무심을 만들었을 것입니다. "말도 마라. 그때를 생각하면 지금도……"로 시작되는 저분들의 일제식민지와 배고픔과 6.25전쟁 속에서 살아온 일상을 우리가 어찌 짐작이나 하겠습니까. 아무 힘없는 사람들이 겪어왔을 역사적인 격동과 격변기의 그 모진 세상 세월을 누가 다 말로 하고 글로 쓰겠습니까. 어떤 역사도 이념도 어떤 주의도 저분들의 편이 되어본 적이 없었습니다. 저분들은 그냥 다 견디고 살아왔지요. 그래도 그 지긋지긋한 세상 세월 속에서도 저분들이 늘 입에 달고 사는 말은 "저놈은 징헌 놈이여, 그놈 사람도 아니여"입니다. 사람을 제일 중요시했던 것이지요.

우리가 사는 세계는 지금 낡은 것들을 벗어던지며 저만큼 성큼성큼 앞서가고 있는데, 아직도 시대착오적인 냉전적 사고방식으로 낡은 나라의 틀을 고수하며 우왕좌왕 허둥대는 우리들의 모습이 참으로 누추하고 초라해 보입니다. 이 나라를 이끄는 지도자들은 도대체 지금 저 할머니들 앞에서 무슨 짓들을 하고 있는 것입니까.

사람의 얼굴이 그립습니다

세상이 무섭습니다. 우리가 사는 세상에서 드러나는 이런저런 일들을 가만히 들여다보면 그 수많은 일들이 다 생명을 위협하고 앗아가는 일들입니다. 일상생활을 위협하는 불안한 일들이 너무 생생하고, 또 때와 장소를 가리지 않고 내게 곧 닥칠 것만 같아, 우리가 사는 세상은 하루하루를 사는 게 아니라 하루하루를 그저 아슬아슬하게 모면하고 있다는 생각이 들 때가 있습니다. 이렇게 불안한 날들이 지속되다 보니, 언젠가부터 먼 훗날을 계획하고 기약하는 삶이 아니라 순간을 모면하려는 순간주의와 찰나주의가 만연되어, 이런저런 사회적 불안을 우리들 스스로 키워가고 있습니다.

우리가 사는 사회는 이미 어떤 집단이 통치하고 통제하고 조정하는 기능을 상실했는지도 모릅니다. 정치는 스스로를 부패시켜 사회의 각종 오염원이 된 지 오래고, 종교인들은 종교 외적인 탐욕이 극에 달해 스스로를 통제하고 해결하는 신의 선을 넘어선 지 오래되었습니다.

절대자에 대한 두려움이 사라진 무신의 시대에 우린 살고 있습니다. 나라의 모든 교육 방향을 실질적으로 좌지우지하는 대학 교육은 취직장사 학원사업으로 전락한 지 오래되었습니다. 총장들의 '세일즈'로 교정에는 우람한 건물들이 솟지만 교육의 질도 그러한지 나는 모르겠습니다. 지성을 포기한 채 시대착오적인 지식을 파는 지식인들과 대학의 타락은 지금 우리 사회의 치명적인 정신적 불구를 가져오고 있습니다. 세계에 대한 고민 없는 '싸늘한 직업인'이 된 교사들을 볼 때마다 나는 무섭습니다. 예술 또한 한 번 쓰면 버리는 잡다하고 혼란스런 지방자치적 값싼 이벤트 사업용으로 전락한 지 이미 오래되었습니다. 우리 사회는 지금 인간성과 진지함, 인간에 대한 예의와 존엄이 회복 불가능한 곳까지 와버렸는지도 모릅니다. 겨울 빈 들녘 옥수숫대처럼 우린 지금 쓸쓸하게 서 있습니다. 사랑이 사라진 거리에는 슬픔마저 사라졌습니다.

작은 동네에는 크고 작은 수많은 일들이 일어났고, 그런 일들로 동네는 조용할 날이 없었습니다. 우리 동네도 문 씨들과 김 씨들 간의 감정싸움이 그칠 날이 없었습니다. 마을에서 두 문중의 힘이 어느 한쪽으로 기울지 않았거든요. 김 씨와 문 씨들 간의 개인적인 싸움은 늘 집단적인 패싸움으로 번져 온 동네의 일상이 정지되는 난리를 한바탕씩 치르곤 했습니다. 다르게 생각하면 두 문중의 팽팽한 힘의 균형이 마을을 활기차게 지탱시켜주었는지도 모르지요. 아무리 큰 싸움이 벌어져도, 그래도 최소한 마을공동체를 깨뜨릴 만한 결정적이고 치명적인 어떤 선을 넘지는 않았습니다. 그 경계를 넘어선 순간 그 마을에서는 살 수 없다는 것을 그들은 몸에 밴 오랜 경험으로 알고 있었으니까요. 말하자면 '막가지'는 않았지요. 다시 말하면, 안 보면 그만이라고 안면 몰수하는 요즘 세태와는 전혀 다른 그런 일상이 있었습니다. 크고 작은 싸움과 분쟁들이 발생하면 조용해지기를 기다려 동네에서 제일 나이 많은 어른들이 나서서 옳고 그름을 따져 서로 화해하게 했습니다. 마을 앞 정자나무 바로 밑에는 넓적한 바위가 하나 놓여 있었습니다. 그 바위에는 아무나 앉지 못했지요. 동네의 크고 작은 분란의 가르마를 타시는 어른이 그 자리에 앉았습니다. 그 자리는 동네 권위의 상징이었습니다.

같이 먹고 일하고 놀며 한 마을의 공동체를 가꾸는 데 필요한 것은 많은 지식이 아니라 경우였습니다. 반듯한 경우라는 것이 일상적인 일 속에서 나왔습니다. 논을 갈고 고르고 모를 심고 가꾸어 쌀을 얻고 또 논을 쉬게 해서 논의 힘을 길러 다음해에 새로 농사를 짓는 것처럼, 자연의 이치와 순리와 순환을 알고 자연을 따르는 자연친화적인 삶이 아름다운 마을공동체를 가꾸는 근간이 되었습니다. 자연 가까이 다가가려는 삶이, 서로 몸과 마음을 기댄 평화와 공동의 삶을 가꾸게 했지요. 나 혼자 잘 먹고 잘살려고 엄청난 공부를 하지 않아도 동네는 물이 흘러오고 흘러가는 것처럼, 꽃이 피고 바람이 불고 비가 오고 곡식들이 자라 익는 것처럼, 봄, 여름, 가을, 겨울이 잘 돌아와 사람들과 함께 살다가 돌아갔습니다. 작은 마을의 모든 자연은 교육 자료였고 마을 사람들은 모두 교육자였습니다.

　나는 무섭습니다. 나라의 모든 학생들을 한 줄로 세우려는, 모두 같은 방향으로 1등을 향해 달리는 이 무지한 질주가 가져올 필경이 무엇일지 나는 무서운 것입니다. 공부는 잘하는데 혼자 잘 먹고 잘사는 것 외에 삶의 내용이 없는 지독한 개인주의와 배타주의와 이기주의와 독선주의가, 세상에서 가장 잔인한, 이웃에 대한 '온기 없는 무심주의'가 학교에서 길러진다는 것이 나는 무섭습니다. 돈은 많은데 삶이 빈한한 이 풍요로운 빈사 상태의 공허한 삶이 나는 겁납니다. 국가는 이를 말리고 고르고 다듬는 정책을 쓰지 않고 그러한 문제점들을 더욱더 부추기고 경쟁으로 내몰며 격화시키는 정책에 매달려왔습니다. 그리하여 사회의 근간을 흔들 양극화의 간격을 넓혀온 셈이 되었지요. 우리의 교육은 지금 남이야 죽든 말든 혼자만 잘 먹고 잘살라고 다그치고 닦달하며 피를 말리는 경쟁 속으로 내몰고 있습니다.

같이 먹고 일하고 같이 놀았던 동네 사람들은 일을 할 때도 가만히 보면 참으로 신기하게도 모두 쓸모가 있는 사람들이었습니다. 모내기할 때, 집을 지으며 지붕에 흙을 얹을 때, 명절날 굿을 칠 때, 동네 사람 모두가 쓸모 있는 사람이었습니다. 어떤 사람은 쟁기질을 잘하고, 어떤 사람은 지게를 잘 만들고, 어떤 사람은 삼을 잘 삼고, 어떤 사람은 짚신을 잘 만들고, 모내기철이나 바쁠 때는 주전자 들 힘만 있으면 아이들도 모두 집안일과 동네일에 힘을 보탰습니다. 몸이 불편한 사람은 정자나무 밑에 앉아 물가에서 노는 아이들을 지켰습니다. 정말 마을은 완전고용이 저절로 이루어진 사회였던 것입니다. 오죽하면 '바쁠 때는 작대기도 한 몫 한다'고 했을까요.

농촌 공동체가 무너지면서 우리를 지탱시켜주었던 정신도 무너졌습니다. 지금 우리는 가난을 외면하고 멸시하는 천박한 사회에 살고 있습니다. 사람들이 일할 때 노는 사람이 없는 세상, 굿치고 놀 때 엄마 등 뒤에 업혀서 둥개둥개 춤을 추는 아기까지 한 장단으로 각기 다른 몸짓으로 춤추며 노는 세상, 콩 한쪽도 나누어 먹던 세상, 나도 살고 너도 사는 그런 세상이 있었습니다. 공동의 생명체가 그렇게 생생하게 살아 숨 쉬는 삶의 모습이 작은 마을에 있었던 것입니다.

백성의 마음이 하늘의 뜻이라는 간단한 진리를 포기한 독선적인 지도자들과 영혼이 없는 관료들의 부정부패로 백성들이 열 받는 세상, 학연, 지연, 혈연, 패거리문화가 암암리에 조직화, 제도화되어 거

대한 권력화, 상식화, 일상화가 되어버린 조직폭력적 수준의 사회는 희망이 없습니다.

미래에 대한 어떤 약속도 희망도 없이 어떻게든 잘만 살면 그만이라는 경제제일주의가 살벌한 경쟁의 우리 속으로 우리들을 몰아넣고 있습니다. 서로 물어뜯어야지요. 서로 싸워 누르고 딛고 올라서야지요. 우리들은 지금 꼭대기로, 맨 꼭대기로 올라가려는, 너 죽고 나 살자는 처절한 싸움판 속에서 삽니다. 인간으로서 품격과 품위를 내팽개친 발가벗은 몸들이 진흙탕 속에서 사생결단하고 있습니다. 짐승보다 못한 야만이지요.

우리가 사는 사회에서 가장 두려운 것은 결혼한 젊은이들이 아기를 갖지 않으려는 참으로 기막힌 현상입니다. 아기를 갖지 않겠다는 것은 우리가 사는 사회의 가치를 전면 부정하는 것입니다. 말하자면 '이런 세상'에서 자기 아기를 기르기 싫다는 것이지요.

가난하고 조촐했으나 자연과 인간이 아름다운 조화를 이루며 살았던 그 정답던 마을, 뭉게구름이 하얗게 솟아오르던 파란 하늘 아래 초록의 들판 길을 걸어가는, 땀 밴 농부들의 해맑은 얼굴들이 그립습니다.

강연

  방학 중에 며칠간 강연을 다녔습니다. 강연을 어떤 해에는 경상도 지방으로 많이 가게 되고, 어떤 해는 전라도 남쪽 지방을 주로 가게 되고, 어떤 해는 또 중부지방을 중심으로 가게 되고 그러데요. 군소재지 작은 도서관을 여기저기 돌 때도 있습니다. 소들이 동쪽 풀을 다 뜯어먹고 서쪽으로 옮겨 풀을 뜯고 그러다 보면 또 동쪽 풀이 길어 동쪽으로 풀을 뜯으러 이동하고, 뭐 그런 식이지요.

  강연을 다니면서 내가 가야 할 장소를 두어 번 들으면 정확하게 그 장소를 찾아가곤 합니다. 하도 이 도시 저 도시를 돌아다니다 보니까 길을 찾아가다가 이게 아닌데, 하면 정말로 그 길이 아닙니다.

  그런데 지난주에 수원 희망도서관을 찾아갈 때는 정말 진땀이 났습니다. 서울 갈 일이 있어서 일 보고 경부고속도로를 타고 내려오다가 중앙고속도로를 타고 인천 쪽으로 가면서 나를 부른 그분들이 일러준 대로 길을 찾는데, 정말 힘이 들었습니다. 복잡했지요. 정말 우리네 삶만큼이나 길들은 이리저리 혼란스러워 어지러웠고, 길을 잘못 찾아들어간 작은 도시들은 하나같이 정말 그렇게나 속이 수선스럽고 시끄러울 수가 없었습니다.

아무튼 그 도서관을 찾아가서 강연을 끝내고 시내로 놀러 간 아내를 기다렸는데 아내가 오지를 않았습니다. 강연이 끝나는 시간에 맞추어 어기지 않고 나를 기다렸는데, 그날은 아내가 안 보여 전화를 했더니 시내 구경을 나갔다가 길을 잃어서 지금 택시를 앞세우고 내가 있는 곳으로 오고 있다고 했습니다. 도착할 시간이 다 되었는데도 택시가 오지를 않아 전화를 세 번이나 해서야 아내가 택시를 앞세우고 나타났습니다. 택시비가 6900원 나왔다며 아내는 투덜거렸습니다. 5분이면 올 수 있는 거리를 그 택시 기사가 이리저리 자기를 끌고 돌아다녔다는 것입니다. 마음이 개운치가 않았습니다. 돈이 아까운 게 아니라 그 운전수가 하는 짓이 괘씸해서 생각할수록 더 열받았지요.

김유정 문학관에도 갔다가 왔습니다. 하루 전날 안산에서 강연을 하고 강원도 쪽으로 가다가 양수리에서 잤습니다. 아침 일찍 북한강을 따라 춘천 가는 길을 달렸지요. 강가의 아름다운 아침 풍경들이 펼쳐졌습니다. 어디만큼 가다가 아침을 먹었는데, 반찬이 깔끔하고 정갈한 게 맛깔스러웠습니다. 기분이 좋았습니다. 특히 매운 청양고추를 쫑쫑쫑 썰어넣어 끓인 된장국은 우리들의 아침을 기분 좋게 해주었습니다. 밥이 맛이 있다고 했더니, 주인아주머니가 웃으며 집에서 만든 순두부 한 대접을 덤으로 주었습니다. 계산을 하면서 우리가 첫손님이니 거스름돈을 받지 않겠다고 했지요. 주인아주머니는 기분이 그렇게 좋은지 우리가 차 타는 데까지 따라 나오며 얼굴이 환하게 웃었습니다.

아내는 남이섬에 가자고 했습니다. 남이섬은 아름다운 섬이었습니다. 우리는 이런저런 시설물들이 어지럽게 들어서 있는 곳을 피하고 섬 둘레의 흙길을 걸었습니다. 호숫가로 난 산책길은 좋았습니다. 신을 벗어들고 맨발로 걷기도 하고 앉아 쉬기도 하며 섬 둘레를 돌았습니다. 곳에 따라 수종이 다른 나무들은 우람했고, 울창한 숲으로 난 흙길은 혼잡한 일상생활에서 잠시 벗어나 차분하게 가라앉은 여인의 단정하고 다정한 모습처럼 곱기까지 했습니다. 그러나 곳곳에 이런저런 작은 집들과 찻집과 그림들을 전시해놓은 곳은 그리마음에 차지 않았습니다.

우리 관광지들은 종합적이고 장기적인 계획 없이 중구난방으로 집을 짓고 시설물들을 만듭니다. 좀 폼 나고 격 있게 하면 안 됩니까. 삼천리 방방골골 산천은 아름다운데 사람들이 지어놓은 집들과 시설물들을 보면 욕심이 머리꼭지까지 가득 차 있어서 저절로 욕이 나올 때가 한두 번이 아닙니다. 물론 돈이 없어서들 그러겠지요.

내가 관광지의 조잡한 시설물들과 가게들을 보며 혼자 중얼거리면 아내가 옆에서 당신은 관광지만 오면 왜 비 맞은 스님처럼 혼자 중얼거리냐고 합니다. 어떤 스님이 시원한 모시옷을 뺏뺏하게 풀 먹여 다려 입고 들길을 가다가 소낙비를 맞았답니다. 비를 피할 곳을 이리저리 찾다가 어느 집 처마 밑으로 비를 피해 들어가 옷을 보니 그렇게 뺏뺏하고 정갈하게 갖추어 입은 옷이 비 맞은 장닭처럼 후줄근하게 되어버려, 스님이 어디다가 욕은 못하고 그냥 혼자 거시기, 머시기, 투덜투덜, 툴 툴 툴 중얼거렸답니다. 그때부터 사람들이 하고 싶은 말을 못하고 혼자 중얼거리는 사람들을 보고 비 맞은 중처럼, 아니 비 맞은 스님처럼 무얼 그렇게 혼자 중얼거리냐고 한답니다.

우리는 그 섬을 나와 강원도 춘천으로 갔습니다. 너무 일찍 김유정 문학관에 도착해서 소양 댐을 먼저 갔습니다. 아내가 옆에서 "해 저문 소양강에 황혼이 지면/ 외로운 갈대밭에 슬피 우는 두견새야/ 새야, 새야, 새야" 노래를 불렀습니다. 소양강 댐에 가보았으나 아무 감흥 없이 내려왔습니다.

강연이 끝나고 집으로 돌아올 땐 집까지 언제나 갈까 하며 걱정을 했는데 서울 쪽으로 가다가 경부선을 탔더니 세상에, 전주가 금방이었습니다. 돌아다녀보면 그렇게 멀게만 생각했던 도시들이 너무나 금방 나와버려서 당황할 때가 한두 번이 아닙니다. 아니, 전주에서 강원도 춘천이 어딥니까. 그런데 세 시간 만에 전주엘 와버린 거예요. 구미에서 강연 요청이 왔을 때는 너무 멀어서 사양했으나 또 한 번 연락이 와서 그러면 그러마고 했지요. 그런데 전주에서 대전을 거쳐 경부고속도로를 타고 갔더니, 글쎄 두 시간 만에 구미에 도착을 해버려서 어이가 없더라고요. '진주라 천리 길'이라는 말이 무색할 때가 한두 번이 아닙니다. 그만큼 우리나라 길들이 사통팔달 구석구석 뚫려 있다는 것이지요. 뻥뻥 뚫린 길들을 달리다가 보면 참으로 대단해요. 어쩌면 이렇게 자연 앞에 한 점 망설임도 주저함도 없이 길을 쭈우욱~ 뻥뻥 뚫었냐고요, 글쎄.

아무튼 전주에 와서 막 자려고 하는데 소설 쓰는 공선옥한테서 전화가 왔습니다. 서운하다는 것입니다. 어쩌면 자기가 춘천에 사는지 알면서 자기에게 연락도 안 하고 강연만 하고 가버렸냐는 것입니다. 놀랐습니다. 정말 깜빡했습니다. 공선옥이 춘천에 살고 있다는 것을 알고는 있었지만 그만 감쪽같이 까먹어버린 것이지요. 사람이 이렇게 깜빡할 때가 있지요. 나도 정말 서운하고 아쉬웠습니다.

공선옥은 촌사람(?)이지요. 나는 촌사람들을 좋아합니다. 촌사람들은 순박함을 간직하고 있잖아요. 도시 사람들은 의심이 많고 무심해요. 인간들이 많이 모인 도시가 만들어낸 습성이지요. 공선옥은 전주 오면 우리 집에서 자며 오만가지 이야기들을 다 하거든요. 마음을 탁 풀어놓고 밤이 깊은 줄도 모르고 세상 이야기를 풀어놓다 보면, 옛날 시골에 살 때 이불 속에 발 뻗고 앉아 친구들과 밤새워 놀던, 그 정답던 시절이 떠오르곤 했거든요. 푸근하고 정답고 다정함을 가진 촌사람은 금방 촌사람을 알아봅니다. 물론 그 촌스러운 소박함에다가 발라당 까진 도시의 그 약삭빠름을 뒤섞어놓은, 정말 어찌하지 못하는 철벽같이 모진 놈들도 많지요.

하루는 섬진강 곡성으로 강연을 갔습니다. 그날은 아내를 쉬게 하고 나 혼자 천천히 강물을 따라갔다가 강물을 거슬러왔더니 시골 우리 집이데요. 동네 정자가 텅 비어 있어 할머니들 다 어디들 가셨냐고 하니까 모두 병원에 가고, 머리 하러 미장원 갔다고 합니다. 동네 할머니들은 병원을 관광 가듯 단체로 갑니다. 병원에 가서 주사 맞고 나서 한방병원으로 가서 물리치료를 하고 점심을 드시고 오시는데, 혼자 가면 심심하니 그렇게 단체로 간답니다. 내 딸은 이런 할머니들의 '병원행'을 할머니들의 '취미생활'이라고 합니다. 어머니가 뒤 안 텃밭에서 강냉이하고 풋고추를 따서 비닐봉지에 담아줍니다.

나는 또 내일 강연을 가기 위해 중간 '캠프'인 전주를 향합니다. 들길에 벌써 올벼 모가지들이 올라오고 있습니다. 사람들이 모내기할 때 이렇게 말합니다.

"이렇게 모심어놓고 나면 금방 벼 팬다고 한다."

정말 그렇습니다. 모내기를 한 것이 엊그제 같은데, 참 세월 빠르지요.

오! 수지 큐!

　　나의 영화 보기는 참으로 오래되었습니다. 초등학교 때는 정권의
홍보를 위해 주민들에게 보여주었던 공보 영화를 학교 운동장에서
보았습니다. 인근 삼사동네 사람들이 운동장 가득 모여 본 영화 중에
서 기억나는 영화는 〈청년 이승만〉이었습니다. 이승만이 독립운동을
하다 잡혀서 일본 순사에게 고문을 당하는데 손가락에다가 장을 지
지는 장면이 나옵니다. 배우 김진규 씨가 이승만 역을 했지요, 아마.
그렇게 공짜로 본 영화도 있고, 강변에 포장을 치고 영화를 상영하는
가설극장도 있었지요. 중고등학교 때는 순창극장에서 상영되는 영화
는 어떻게든 다 보았습니다. 고등학교를 졸업하고 집에서 오리를 키
우던 1년은 영화를 보지 못했습니다. 오리를 키우다가 망해서 서울로

도망가는 길에 대전까지밖에 갈 차비가 없어서 외삼촌댁에 들렀는데, 그때 서울 가는 기차표 끊고 남은 돈으로 대전역 부근에서 영화를 오랜만에 보았지요. 구봉서 주연의 〈남자식모〉였습니다. 서울에서 한 달쯤 살다가 시골로 내려와서 광주로 선생 시험을 보러 갔는데 사촌 동생이 광주 갈 차비 150원, 올 차비 150원 해서 총 300원을 주었었습니다. 그런데 집에 갈 차비 150원 중에서 영화를 보고 말았습니다. 영화 제목요? 두 편 동시상영이었는데, 기억 없습니다.

내가 하도 영화를 많이 보아서 그런지, 영화에 대한 말도 안 되는 이야기를 글로 쓴 적이 있었지요. 왜 한 가지 일을 오래 하다 보면 그 일에 대해 되든 안 되든 나름대로 할 말이 생기잖아요. 그 글들을 잡지에 연재했는데, 글쎄 그 글들을 모아 책으로 만들었어요. 첫 권은 내가 영화 이야기를 쓴다고 해서 사람들이 호기심으로 그냥저냥 사 보았습니다. 그때 내 책을 낸 출판사에서 엄청나게 광고를 때렸었지요. 아마 그 출판사 본전 못 건졌을 것입니다. 내 깐에는 그 책이 잘 된다 싶어 두 권째를 냈지요. 왜 영화도 '투'가 있잖아요. 〈매트릭스〉, 〈슈퍼맨〉, 〈주라기 공원〉, 〈인디아나 존스〉, 〈터미네이터〉, 〈다이하드〉, 〈공공의 적〉, 〈슈퍼맨〉 등 여기 다 옮길 수 없을 만큼 많지요. 그런데 다 성공하는 것은 아니지요.

올여름은 유난히 기대(?)되는 영화들이 많았습니다. 영화를 기다린다는 것은 내게 행복입니다. 세상에 영화가 없다면, 하는 생각만 해도 심심합니다. 〈강철중〉은 그저 그랬습니다. 전 편들과 그리 크게 다르지 않았고, 모든 예술작품들이 다 그렇지만, 영화라는 게 현실의 긴장을 담아내지 못하면 설득력을 잃게 되지요. 결국은 감독의 정확한 현실인식에 문제가 있겠지요. 요즘같이 아예 드러내놓고 노골적으로 나쁜 짓을 하는 이런저런 '공공의 적'들이 많은 세상에 진짜 '공공의 적'을 찾지 못한 강철중의 주먹질은 갈 데가 없는 듯했습니다. 역사가 그러했듯이 공공의 적을 향한 국민들의 분노는 늘 권력집단이 표적이 되었습니다. 풍자적이든 노골적이든 시선은 늘 거기에 머물러야지요. 〈살인의 추억〉이나 〈괴물〉 같은 작품이 관객을 동원한 밑바탕에는 그 표적을 향한 화살 줄이 팽팽하게 당겨져 있지요. 〈놈 놈 놈〉, 〈눈에는 눈 이에는 이〉, 〈다크나이트〉도 보았습니다. 얼마 안 살았지만, 〈놈 놈 놈〉에서 송강호같이 이상한 '놈'은 정말 보다보다 첨 본 놈이었습니다.

그리고 영화 〈님은 먼 곳에〉를 보았습니다. 영화 잡지를 통해 보았던 이 영화 포스터는 나를 매혹시키기에 충분했습니다. 큰 가방을 왼손에 들고 오른손으로는 이마를 가리고 야자나무 위를 날아가는 헬리콥터들을 바라보는 여인의 뒷모습은 나를 혹하게 했습니다. 아주 날씬한 아가씨가 입고 있는 그 치맛자락이 휘날리는 모습을 보고 나는 이 영화를 가슴 졸이며 기다렸습니다.

나는 수애를 좋아합니다. 그동안 그가 나온 영화를 보며 답답했습니다. 왜 수애가 가지고 있는 애틋함, 애잔함, 순수함, 청순가련함을 감독들이 다 끄집어내지 못할까를 아쉬워했지요. 가련함 속에 숨은 강인함이 더 강하게 보이게 하는 힘을 가진 배우가 수애입니다. 울음을 참고 견디어서 관객을 울게 할 수 있는 배우가 수애지요.

카메라가 벼 쓰러진 논을 지나 느티나무 밑 할머니들 앞에 서서 눈을 지그시 감고 순이가 노래를 부르는 장면을 잡으면서 영화는 시작됩니다. 순이는 수건을 목에 둘렀지요. 목 부근의 옷이 땀에 젖어 있었습니다. 긴 머리를 뒤로 묶고 선 순이의 모습은 막 시집온 참한 시골 색시 모습입니다.

> 내 마음 모두 그대 생각 넘칠 때
> 내 마음 모두 그대에게 드리리.
> 그대가 늦어지면 내 마음도
> 다시는 찾을 수 없어요.
> 늦기 전에, 늦기 전에
> 빨리 돌아와주오.

순이가 남편을 찾아 월남을 향해 가는 배 갑판 위에서 같이 가게 된 밴드마스터들에게 노래를 배울 때, 처음 배우는 노래에 자기도 모르게 젖어가면서 그리고 스스로 그 노래에 자신을 얹어가면서 빙

굿 웃는 웃음은 나도 모르게 정들 웃음입니다. 검지를 세우고 위아래로 손과 몸을 같이 흔들며 "오! 수지 큐!" 하며 웃는 순이의 모습을 보고 반하지 않을 남자가 어디 있겠습니까. 신작로 가 먼지 속에 핀 코스모스 꽃같이 애잔한 여인의 모습을 나는 아직도 좋아합니다.

짧고 붉은 옷을 입고 소낙비 속에서 순이가 온몸으로 웃으며 노래를 하는 장면은 내 마음에 오래 남을 것입니다. 소낙비 속에서 군인들에 의해 들려가며 얼굴을 두 손으로 가리고 소낙비를 맞는 순이는 한 시대의 슬픔 속에서 개화한 꽃이요, 환희요, 탄생이요, 절정이었습니다. 순이가 사랑하지도 않은 남편을 찾아 포탄이 쏟아지는 전장으로 가는 과정은 가슴을 아리게 합니다. 어쩌면 이 땅의 모성이 다 그러하였는지도 모릅니다. 월남전에 대해, 그 전쟁이 갖는 이런저런 의미의 말들을 나는 말하지 않을랍니다. 아련한 추억 속으로 우리를 이끌고 가는 김추자의 노래가 가는 대로 '순이'가 '써니'가 되어가는 수애를 따라갈 뿐입니다.

1970년 무렵 시골마을에서는 마을 별로 노래자랑이 유행이었습니다. 객지로 떠난 친구들과 시골에 남은 친구들이 반반일 때였습니다. 서울로 떠난 친구들이 서울에서 자리를 잡지 못하고 마을을 들락날락할 때지요. 추석이나 백중날 어떤 마을에서 노래자랑이 열리면 삼사동네 젊은 남녀들이 그 마을로 모여들었지요. 그때 우리 면에서 유일하게 월남을 갔다가 귀국해서 휴가를 나온 형이 있었습니다. 그 형은 노래자랑 무대에서 김추자의 〈월남에서 돌아온 김상사〉를 불렀고 늘 1등을 차지했습니다. 만약 그 형이 1등을 하지 않으면 그 노래자랑 마당은 온전치 못했지요. 시골에서 난다 긴다 하는 '논두렁 깡패'들도 그 형이 나타나면 슬며시 꼬리를 내렸습니다. 그때 월남 갔다 온 김 상사는 무서웠지요. 면장도 지서장도 꼼짝 못한다는 헛소문이 돌았으니까요. 그 형은 기골이 장대했고, 검게 탄 얼굴이 그렇게 당당하고 막강해 보일 수가 없었습니다.

영화를 보는 동안 시골에서 제일 큰 집 마루에 잇대어 만든 무대에서 노래를 부르던 친구들의 모습이, 그때 그 형이, 그 장면들이 자꾸 머릿속을 스치고 지나갔습니다. 영화의 끝 장면을 보며 나는 이 세상에서 용서받지 못할 사랑은 없다는 생각을 했습니다. 용서가 가장 아름다운 것은 사랑 앞에서일 터입니다. 용서가 없는 사랑은 사랑이 아닙니다. 용서는 인간들만이 가질 수 있는 세상에서 가장 아름다운 자기설득의 힘입니다. 나는 이 영화를 두 번 보았습니다. 두 번을 보아도 지루하지 않았습니다.

예술은 설명이 아니고 감동이지요. 감동은 일상에서 옵니다. 일상의 존중을 모르는 예술작품들은 억지지요. 일상의 재구성을 통한 긴장된 새로운 세계의 창조가 예술일 때, 공감을 넘어선 감동이 일지요. 감동은 생명 그 자체지요.

한 편의 영화가 막 시작되려는 그 짧은 어둠의 긴장을 나는 좋아합니다. 지금 막 새로운 인생이, 새로운 세계가 내 눈앞에 펼쳐지려고 준비를 하고 있으니까요.

"오! 수지 큐!"

마침내 그렇게 된 나의 인생

나는 덕치초등학교를 졸업했습니다. 내가 처음으로 우리 집과 마을을 떠나 이 학교에 입학을 했을 때는 교실이 없었습니다. 6.25전쟁으로 교실이 불에 탔기 때문이었지요. 교실이 없는 우리들은 운동장 가 벚나무에 흑판을 매달아놓고 공부를 했습니다. 벚나무에 매달린 흑판 앞에 앉아 공부를 하다가 비가 오면 집으로 돌아갔습니다. 한쪽 운동장 가에는 군인들이 천막을 치고 주둔하고 있었습니다. 3.1절인가 광복절인가 아니면 국군의날인지도 모르지요. 아무튼 그런 특별한 날에는 군인아저씨들이 생전 보지도 듣지도 못한 통조림이나 과자들을 나누어주고, 고무로 된 통통 튀는 공도 나누어주었습니다. 고무공을 그때 처음 보았지요.

1학년 말인가 2학년 땐가 군인아저씨들이 교실을 짓기 시작했는데, 지붕이 없는 교실로 펄펄 내리던 하얀 눈송이들을 올려다보던 때가 엊그제 같습니다. 학교가 완성되었을 때 교실은 정말 신기했습니다. 그렇게 큰 마루방은 처음이었으니까요. 교사는 두 동이었습니다. 제일 왼쪽에 1학년 교실이 있었지요. 각 동에는 중간에 현관이 있고, 한 동에는 교무실이 있고, 제일 끝에는 6학년 교실이 있었습니다. 5학년이 지나면 자연스럽게 제일 오른쪽 끝 6학년 교실에 도착했고 졸업을 했습니다. 내가 선생을 시작할 무렵 그 교실은 뜯겼습니다.

내가 졸업을 할 때 우리 반은 모두 18명이었습니다. "잘 있거라 아우들아 정든 교실아, 선생님 저희들은 물러갑니다." 이 구절을 부를 때 아이들은 모두 엉엉 울었습니다.

중학교와 고등학교를 졸업하고 나는 선생이 되어 다시 이 학교에 들어섰습니다. 그때가 1972년이었지요. 아이들은 700명쯤 되었습니다. 내가 이웃 학교에서 이 학교로 발령을 받아 왔을 때 나는 이미 '문학 병'이 들어 있었습니다. 아침 7시 30분쯤 학교에 와서 별일 없으면 한 시간 정도 책을 읽었습니다. 아이들이 돌아간 오후에도 산그늘이 운동장을 덮을 때까지 교실에 앉아 책을 읽었습니다. 나는 이 학교에서 전태일의 죽음과 유신과 10.26과 80년 그해 5월을 다 겪었습니다. 그 숨찬 격동의 시대를 따라다니던 어느 날 나는 시를 쓰고 있었습니다. 놀라웠지요. 쑥스러웠습니다. 내가 시를 쓰다니?

그러나 한편 설레기도 했지요. 그때는 선생님들이 숙직을 했습니다. 숙직실은 학교보다 높은 언덕에 있었습니다. 살구꽃이 피는 봄밤이면 달빛을 밟다가 꽃그늘 아래 앉아 홀로 소쩍새 소리를 들었습니다.

선생이 한 학교에서 5년을 근무하면 다른 학교로 가야 합니다. 나는 이 학교에서 5년을 근무하고 이웃 학교로 가서 1년을 근무하고 얼른 이 학교로 와서 또 5년을 근무했습니다. 그렇게 '왔다리 갔다리' 하다가 마지막으로 이 학교로 와서는 2008년까지 7년을 근무했으니, 모두 27년을 이 학교에서 근무한 셈입니다. 초등학교 6년, 교사로 27년이니 이 학교에서 나는 33년을 보낸 셈이지요.

강당 앞에는 아주 오래된 살구나무 한 그루가 있습니다. 내가 이 학교에 입학했을 때도 있었던 이 살구나무가 몇 년 전부터 꽃을 다문다문 피웁니다. 꽃이 좀 줄어든 첫해에는 해갈이를 하는가 보다 했는데 해마다 꽃송이가 줄어들고 살구가 잘 열리지 않더니, 이제는 거의 꽃이 피지 않는 해도 있습니다. 다 산 것이지요. 자연에서 태어난 살구나무가 서서히 자기를 버리며 자연으로 다시 돌아가는 것이지요. 그런 살구나무를 오래 바라보고 있으면 마음이 차분해지고 앞날의 불안과 현실의 두려움이 가시기도 했지요. 꽃이 적게 피어도 꽃송이는 탐스럽고 더 화사합니다. 오래된 듬직한 몸에서 뻗어나간 까만 가지 끝에서 다문다문 피는 하얀 꽃송이들은 고졸하기도 하고 고색창연하기도 합니다.

살구꽃이 필 때 나는 그 살구꽃을 보며 같은 학교 여선생에게 편지를 썼지요. 편지를 써서 아이들에게 심부름을 시켰지요. 그러면 그 여선생이 답장을 보내왔습니다. 연애편지였지요. 사랑한다는 연애편지가 아니라 꽃이 피는 봄날을 견디지 못했던 젊음의 몸살을 적어 보냈겠지요. 그 여선생에게 쓴 편지가 아니라 꽃피는 살구나무에게 쓴 편지였는지도 모르지요.

내가 이 학교에 처음 들어온 봄날, 화사하게 꽃을 피우고 가지마다 노란 살구를 가득 달고 서 있던 살구나무 가지들을 하나하나 올려다봅니다. 곧 베어지겠지요. 나와 같이 늙어온 나무가 있다는 것은 행복한 일입니다. 지난 봄 나는 살구나무 아래에서 〈살구나무〉란 시를 썼지요.

꽃이 피고
새 잎이 돋는
봄이 되면, 그리고
너는 예쁜 종아리를 다 드러내 놓고
나비처럼 하늘거리는
옷을 입고 나타나겠지.

한 그루의 나무가 온통 꽃을 그리는

그날이 오면, 그러면

너는 그 꽃그늘 아래 서서 웃겠지.

하얀 팔목을

다 드러내 놓고

온 몸으로 웃겠지.

나를 사랑하겠지.

봄빛은

돌 속에

숨은 꽃도 찾아낸다.

봄날이, 그렇게 되면

너는 내 앞으로 걸어와

어서 나 좀 봐달라고 조르겠지.

바람 속에 연분홍 꽃가지를 살랑대며

봄바람이 나를 채 가기 전에

어서 나를 가져달라고 채근 대겠지.

- 졸시 〈살구나무〉 전문

    이 학교는 나의 문학과 인생의 학교였습니다. 시 〈섬진강〉 연작을
쓰던 그때 그 시절의 가난과 고립과 기다림과 그리움들이 손에 잡힐

듯합니다. 외롭고 쓸쓸한 밤이면 방을 나와 숙직실 앞에 서서 눈물 가득 고인 그렁그렁한 마을의 불빛들을 바라보며 나는 〈섬진강 1〉을 썼습니다. 어느 날 일기장을 보니 그날이 1981년 11월 21일이었습니다. 〈섬진강 1〉을 써놓고 온몸이 떨리던 그때를 내 어찌 잊겠습니까. 어디 앉아 있을 자리가 없어서 나는 찬바람 부는 운동장을 달렸지요. 그 잠 못 들던 겨울밤이 생각납니다. 그때까지 문학에 있어서 나는 정말 캄캄하게 혼자였으니까요.

> 가문 섬진강을 따라가며 보라.
> 퍼 가도 퍼 가도 전라도 실핏줄 같은
> 개울물들이 끊기지 않고 모여 흐르며
> 해 저물면 저무는 강변에
> 쌀 밥 같은 토끼풀꽃,
> 숯불 같은 자운영꽃 머리에 이어주며
> 지도에도 없는 동네 강변
> 식물도감에도 없는 풀에
> 어둠을 끌어다 죽이며
> 그을린 이마 훤하게
> 꽃등도 달아 준다.
> 흐르다 흐르다 목메이면

영산강으로 가는 물줄기를 불러

뼈 으스러지게 그리워 얼싸안고

지리산 뭉툭한 허리를 감고 돌아가는

섬진강을 따라가며 보라.

섬진강물이 어디 몇 놈이 달려들어

퍼낸다고 마를 강물이더냐고,

지리산이 저문 강물에 얼굴을 씻고

일어서서 껄껄 웃으며

무등산을 보며 그렇지 않느냐고 물어보면

노을 띤 무등산이 그렇다고 환한 이마 끄덕이는

고갯짓을 바라보며

저무는 섬진강을 따라가며 보라.

어디 몇몇 애비 없는 후레자식들이

퍼 간다고 마를 강물인가를.

- 졸시 〈섬진강 1〉 전문

참 세월 빠르지요. 꽃이 피는 살구나무 아래 앉아 문득 고개 들었더니 서른이었고, 살구나무 아래 앉아 아이들이랑 살구 줍다가 일어섰더니 마흔이었고, 날리는 꽃잎을 줍던 아이들 웃음소리에 뒤돌아보았더니 쉰이었습니다. 학교를 떠나며 묵묵히 나를 바라보는 살구나무를 바라다보니, 어느새 내 나이 머리 허연 예순입니다. 스물다섯인가 여섯 무렵 나는 여기서 아이들과 환갑이 될 때까지 살기로 다짐을 했지요. 그런 삶도 그런 인생도 아름다울 수 있겠다는 아주 소박한 생각을 했었지요. 마침내 그렇게 되었습니다. 살구나무랑 아이들이랑 나랑 참 잘 살았지요. 그 나무 아래에서 어린아이들이 지금도 놀고 있습니다. 저 아이들이 나였지요.

학교야! 봄이면 살구꽃이 피는 학교야! 내 목소리, 내 생각, 내 발길이, 내 일생이 담긴 학교야! 내 생에 가장 아름다운 스승이었던 아이들아, 잘 있거라!

문득 환해지는 머릿속으로 꽃잎들이 날아드네요.

2부

봄날은 간다

만원버스를 탔을 때 어떤 사람은 자리에 앉으려고 할 것이고, 어떤 사람은 그냥
조금 불편하더라도 서서 가려고 할 것입니다. 그냥 서서 가기로 했습니다.
자리에 앉아서 가야겠다고 한 사람은 자리만 보이기 때문에 자리에 앉은 사람이
미워질 것입니다. 집에 갈 때까지 자리만 보이겠지요. 아니, 자리를 찾다가 자기가
내려야 할 곳을 놓칠지도 모릅니다. 그러나 나는 일찍 자리에 앉아 갈 생각을
버렸으므로 내 앞에 앉은 사람들이 자세히 보였습니다.

한수 형님의 손

문득 살에 닿는 바람 결이 달라졌을 때 우린 놀라지요. 나도 몰래
이불을 끌어다가 덮고 자고 있는 나를 봅니다. 더위에 헉헉거리던 때
가 엊그제 같은데, 이렇게 가을이 와버리다니요. 해마다 겪는 일이지
만 우리들은 이런 계절의 어김없음을 잊고 삽니다. 더우면 그냥 더위
하고만 싸우느라 다른 정신없고, 추우면 추워죽겠다며 봄을 캄캄하
게 잊고 살지요. 발등에 떨어진 불을 끄기도 바쁜 우리들의 나날이 때
로 남루해 보이기도 합니다. 파란 하늘은 끝까지 높아 눈 시립니다.

고개를 들면 쓸쓸해진 먼 산 빛이 이마에 와 닿습니다. 흐르는 세
월을 느낍니다. 사는 일이 덧없음에 일손이 멈칫하기도 합니다. 그
러나 또 우리는 금방 잊고 다시 일손을 놀립니다. 머릿결을 쓸어 올

리던 손이 들여다봐지는, 그 손에 내린 햇볕이 낯선 그런 날입니다.
그 세월에도 햇살은 지상에 가감이 없습니다.

> 알맹이들의 과잉에 못 이겨
> 방긋 벌어진 단단한 석류들아
> 숱한 발견으로 파열한
> 지상의 이마를 보는 듯하다
>
> 너희들이 감내해온 나날의 태양이,
> 오! 반쯤 입 벌린 석류들아,
> 오만으로 시달리는 너희들로 하여금
> 홍옥의 칸막이를 찢게 했을지라도,
>
> 비록 말라빠진 황금의 껍질이
> 어떤 힘의 요구에 따라
> 즙 든 보석들이 터진다 해도,
>
> 이 빛나는 파열은
> 내 옛날의 영혼으로 하여금
> 자신의 비밀스런 구조를 꿈에 보게 한다.

산과 강과 바다와 숲과 곡식들 위에 쏟아지는 저 눈부신 가을 햇살이 우리들의 칸막이를 찢고 있습니다.

한수 형님이 손수레에다가 붉은 고추를 가득 담아 끌고 집으로 갑니다. 돌주먹 같은 손을 가진 한수 형님도 더위는 어떻게 물리치지 못하시는지 여름 내내 강가 정자나무 아래 놓인 바위 위에 큰대자로 누워 매미 우는 소리를 향해 욕을 하며 지내는 동안, 고추는 익어가고 정자나무 옆 밭에 심어놓은 산두와 참깨는 무럭무럭 자랐습니다. 지금은 참깨를 베어 세 발로 세워두었고, 산두 벼는 모가지가 무거워지는지 하루가 다르게 고개를 깊이 숙여가고 있습니다. 붉어지는 감, 벌어지는 밤송이들, 억새의 이삭들은 몸을 뚫고 쑥쑥 올라와 흰 손이 됩니다. 이른 봄부터 벼 이삭이 익어가는 가을까지 해를 따라 마치 해같이 한시도 쉬지 않고 일을 하는 뒷집 종길이 아제의 팔다리를 보면 마치 무쇠 같다는 생각을 합니다. 하루 동안 얼마나 많은 일을 하시는지 하루 종일 아제를 따라다니고 싶을 때가 있습니다.

회관 마당 정자 아래서는 할머니들이 앉아 일을 합니다. 당숙모가 토란 대를 가지고 오면 어느새 그 토란 대로 달려들어 토란잎을 따고 토란 대 껍질을 벗겨 회관 마당에 넙니다. 햇살이 좋아 토란 대는 넙기가 바쁘게 말라비틀어집니다. 종만이 아저씨가 마른 고추를 가지고 와 회관 마당에 부어놓으면 또 그곳으로 달려들어 고추를 다듬습니다. 또 누가 마른 옥수수를 가지고 오면 모두 그쪽으로 가서 옥수수를 깝니다. 바쁩니다. 요즘은 꿀을 따느라 바쁩니다. 농부들의 몸은 하루 종일 열심이지요.

곡식을 다듬는 일이 금방 끝나면 할머니들은 또 정자에 앉아 가만히 산과 물을 심심하게 바라봅니다. 그렇게 가만히 앉아 있는 할머니들의 심심한 손을 나는 바라봅니다. 평생 땅을 파온, 성한 곳 없는 저 험한 손. 낫에 베이고, 호미에 찍히고, 불에 데이고, 가시에 찔리고, 돌멩이에 긁히고, 벌레에 물리고, 이렇게 아리고 저렇게 곪아 터져 손톱이 빠지기를 몇 번이었던가. 우리 동네에서는 한수 형님의 손이 가장 험합니다. 나는 어떤 사진작가에게 며칠 동안 형님의 일하는 손, 쉬는 손, 밥 먹는 손을 사진 찍어두게 했습니다. 수많은 상처와 그 상처가 아문 흉터가 고스란히 남아 있는 화산돌 같은 형님의 손은 성자의 손입니다.

회관 바로 앞집에 종만이 어른이 삽니다. 바람 불면 날아갈 것 같이 마른 몸이지만 못자리를 시작하는 이른 봄부터 지금까지 쉬지 않고 논과 밭을 돌보지요. 안개 핀 이른 아침 논으로 가는 그이의 모습은 그림 속의 신선 모습 다름 아닙니다. 우리 동네에서 논농사를 짓는 집은 종만이 어른, 한수 형님, 종길이 아제, 만조 형님, 동환이 아저씨, 재호네, 그리고 이장네 이렇게 일곱 집뿐입니다.

나는 할 일이 없습니다. 슬리퍼를 질질 끌고 집을 나와서 회관으로 갑니다. 회관 마당에는 참깨, 토란 대와 토란잎, 강냉이, 고추가 붉게 널려 있습니다. 종길이 아제가 맑고 따가운 햇살 속에 널려 있는 고추를 뒤적이는 모습이 마치 이글거리는 숯불을 뒤적이는 것 같습니다. 한수 형님이 참깨를 베어낸 밭에다 무와 배추를 심어놓았습니다. 나는 한수 형님이 일하는 밭 가에 서서 올해는 무지 더웠다는 둥, 벼농사는 잘 되었다는 둥, 우리가 농사지은 것들은 날이 갈수록 똥값 되어가고 비료 값, 농약 값, 기름 값은 하늘 높은 줄 모르게 치솟는다며 "니미럴, 어디 농사짓고 살겠어, 이거. 평생 이러고 살았당게." 욕을 하기도 하고, 이러고도 나라가 성한 것이 이상하다는 둥, 금방 날씨가 시원해져서 이제 살겠다는 둥, 해도 그만 안 해도 그만인 말을 주고받기도 합니다. 그리고는 강가 정자나무 밑에도 가보고, 한결 맑아진 가을 강물을 멀거니 바라보기도 하고, 산과 마을과 논과 밭과 하늘과 나무와 풀과 동네사람들을 바라봅니다. 여름 막바지에 비가 조금 와서 강물의 수량이 많고 조금 맑은 편입니다.

산들바람 속에 많은 풀꽃들이 피어납니다. 파란 하늘 아래서, 시를 쓰고 싶습니다. 가을이 왔다고, 가을에도 꽃들이 핀다고, 해 저문 가을 들녘에 농부들이 곡식을 거두어 이고 지고 지금 집으로 오고 있다고, 지금도 하늘에는 별이 빛나고 달이 떠서 세상을 비춘다고, 밤이면 홀로 잠든 어머니 집 섬돌에서 귀뚜라미가 울고 있다고, 나

는 시를 쓰고 싶네요.

곡식들이 자라 이삭이 익을 때면 마을의 가로등은 다 꺼버립니다. 곡식들도 잠을 자야 제대로 크고 제대로 꽃이 피고 제대로 열매가 익지요. 나무도 풀도 사람처럼 잠을 자야 합니다. 서울 고속버스 터미널 앞 플라타너스 나무에서 우는 매미 소리를 들은 적이 있습니다. 매미들이 어찌나 사납게 악을 쓰며 울어대던지, 놀랐지요. 매미 울음소리들이 어쩌면 그렇게 사람 사는 모습하고 닮았는지.

가로등 불빛이 사라진 마을은 정말 캄캄합니다. 별들이 와르르 강물로 뛰어내릴 것만 같습니다. 강물을 바라보다가 마을 쪽으로 돌아섭니다. 아무리 늦은 밤이라도 한두 집은 불빛이 새어나오지요. 아무리 작은 마을이라 해도 깊은 밤은 없습니다. 살아갈수록 걱정은 쌓여가고, 근심은 흐르는 강물처럼 깊어지는 게 인생 아니던가요.

이따금 이렇게 홀로 강가에 나와 오래된 마을을 바라봅니다. 불 꺼진 마을 위로 달이 지나갑니다. 박세완 아주머니, 태환이 형수씨, 태금이 어머니, 재구 어머니, 당숙모 모두 홀로 자는 집입니다. 그 지붕 위에도 달빛이 밝습니다. 하루 종일 일을 하신 당숙모가 고된 몸을 뒤척이는 모양입니다. 당숙모네 집 지붕 위 별빛이 잠깐 흔들립니다.

풀벌레 가득한 가을 달빛을 등에 가득 짊어지고 나는 강에서 돌아와 내 방에 달빛을 부립니다. 방까지 따라온 물소리가 강물로 가고,

달빛이 방 안 가득 고입니다. 풀벌레 울어대는 달빛 위에 눕습니다.

> 어떤 힘의 요구에 따라
>
> 즙 든 보석들이 터진다 해도,

위 시 구절이 되새겨집니다. 우리 모두 가을입니다. 바람과 햇살과 비와 농부들의 피와 땀으로, 그들의 손끝에서 터지는 저 생명을 푸른 씨앗들이 영글어가는 우리나라 가을입니다. 가을에는 가을처럼 삽시다.

*추신: 이 글을 써놓고 있는데 한수 형님이 오토바이 사고로 크게 다쳤습니다. 지금 병원에 인사불성으로 누워 계십니다. 마을에 한수 형님이 안 계시니 마을 전부가 텅 빈 느낌입니다. 한수 형님이 없는 진메 마을의 가을을 생각해보지 않았습니다. 모두 놀라고 있습니다.

절정을 아끼다

호남고속도로를 타고 서울로 올라가다 보면 대전 조금 못 미쳐서 오른쪽에 주위의 다른 산봉우리들과는 조금 격이 다른 산줄기가 하나 있습니다. 병풍을 둘러놓은 것 같은 산인데, 산은 바위산입니다. 산 능선을 따라 뾰족뾰족한 산봉우리들이 예사롭지가 않아 보이지요. 그런데 그 아기자기한 여러 개의 봉우리 중 한 봉우리 꼭대기 위에 날름 정자 하나가 지어져 있습니다. 보기에 따라서는 그럴듯하게 보이기도 하겠지만, 그 정자는 건방지고 오만하기 이를 데 없어 보입니다. 본래 산의 모양을 변화시켜버린 정자를 아무리 좋게 보아주려고 해도 마음이 편치 않습니다. 그런 정자들이 이 나라 산꼭대기 곳곳에 새끼에 새끼를 치고 있습니다.

섬진강을 따라가다 보면 옥과에 금호타이어 공장이 있습니다. 금호타이어 공장을 지나 조금만 가면 옥과면 입면이 나오는데, 섬진강이 직선으로 흘러가는 곳에 정면으로 산이 하나 불쑥 머리를 내밀고 있습니다. 산을 향해 달려가다가 강물은 그 산과 마주치며 왼쪽으로 굽이를 살짝 틉니다. 물이 들이받는, 산이 뚝 떨어진 날 등 끝을 빗겨 정자가 하나 가만히 숨어 있습니다. 정자는 잘 보이지 않습니다. 그 정자는 산의 정상에 우뚝 지어진 정자가 아닙니다. 달려오는 강물을 다 보고, 옥과 들을 다 보려면 산의 정상으로 올라가야 합니다. 산의 정상에 올라가야 아름다운 풍광들이 한눈에 다 들어오지요. 옛날 어른들은 그렇게 정상은 비워두었습니다. 다시 말하자면 산천의 절정을 아껴두었지요.

돈 있는 사람들이 새로 개발한 산골 주택지에 지어놓은 전원주택이나 별장들을 보면 참으로 가관입니다. 전원주택이나 별장 지역 터들은 대개 풍광이 그럴듯한 곳들인데, 그곳 풍경이 한눈에 다 들어오도록 욕심껏 집들을 짓지요. 주택도 그렇고, 카페나 찻집들도 어떻게 하면 한눈에 그곳의 모든 풍경을 다 보게 지을까 고심들을 한 흔적이 역력하지요. 욕심이 머리끝까지 꽉 찬 집들이지요. 아름다운 경치는 이따금 보아야 아름다운 법입니다. 단 한 번에 그곳의 풍경들을 다 보아버리면 다음에는 무엇을 보러 오고 갑니까. 아무리 좋은 노래도 한두 번이지요. 기대했던 사람도 한 번 만나서 그 사람이

'어디까지'인지를 알아버리면 힘이 팽기지요. 사람이나 풍경이나 걸음을 옮길 때마다, 고개를 돌릴 때마다 다른 풍경이 눈에 들어와야지요. 아름다운 곳은 숨겨두고 찾아가는 수고 뒤에, 또는 우연히 눈에 들어와야 새롭고 아름다운 법입니다.

도시 근교 농촌 마을을 지나다 보면 가난하고 누추한 마을 복판이나 마을 주위에 눈에 확 띄는 커다란 서양식 집들이 우뚝 솟아 있는 모습들을 볼 수 있습니다. 저게 누구 집이냐고 하면 대개가 교수 또는 의사 또는 화가 집이라고 합니다. 마을의 헌집을 사서 부수고 그곳에 그렇게 커다란 집을 지어놓지요. 그런 집들은 그 마을의 집들과 그 마을 산천하고 전혀 어울리지 않습니다. 허물어지는 빈집들과 누추한 집들을 무시한 불손함이 극에 달해 보이지요. 도대체 양식이 있는 사람의 집이라고는 생각되지 않는 터무니없이 큰 집들은 그 마을과 그 산천의 균형을 깨트려버립니다. 왜 우리나라 속담에 '꾀 벗고 돈 닷 돈 찬다'는 말이 있잖아요. 마치 그 형상입니다.

내 집이 이웃집과 어우러져야 합니다. 동네나 산속에 있는 듯 없는 듯 숨겨두어야지요. 집은 산천 속에 스며들어 있어야 합니다. 조화로움이란 자연을 잘 읽어내는 일이지요. 자연을 거스르지 않아야 하지요. 지나가다가 '그래 아까 어떤 집이 있는 것 같았지?' 하고 뒤돌아보아서 그 집이 보여야지요. 그게 집입니다. 집은 낮을수록 좋지요. 우리 어머니는 서울의 높은 집들을 보고 이렇게 말합니다.

"하따, 겁나게 높다잉!~."

도시든 시골이든 '겁이 나는 집'들이 우리들의 산과 들을 가로막아버립니다.

아내 친구 중에 한 사람이 캐나다로 이민을 갔습니다. 어느 날 메일이 왔는데, 그 친구가 시골 마을에 헌집을 한 채 샀답니다. 집을 수리하고 도색을 다시 해야 하는데, 집에 무슨 색을 칠해야 할까에 대해 마을 사람들이 모여 회의했답니다. 그런데 한 달이 넘도록 결론을 내리지 못하고 있다며, 우리나라 산천의 집과 도로와 빌딩과 아파트와 곳곳의 국적도 뭣도 없는 음식점들과 모텔들을 생각했답니다. 자기 집과 주위의 집에 대해 적어도 그 정도는 배려를 해야지요.

스위스를 다니다가 어떤 마을에 내렸습니다. 그림엽서 같은 초원 위의 집들이 곳곳에 자리를 잡고 있었습니다. 그런데 상당히 높은 산 위에 있는 집을 향해 노란 승용차 한 대가 굽이굽이 돌아 올라가고 있었습니다. 작은 승용차는 마치 풀밭을 헤치고 가는 벌레처럼 보였지요. 예뻤습니다. 그런데, 차가 산을 타고 오르는데, 길은 전혀 보이지 않았습니다. 길을 숨긴 것이지요. 산 위에 있는 그림 같은 집을 향해 올라가고 있는 차는 놀랍게도 우리나라의 '마티즈'였습니다. 차도 어디에 있는가에 따라 그 격이 살아나기도 하고, 그 모양이 형편없이 구겨지기도 한다는 것을 알았습니다.

길은 있으나 길이 보이지 않는, 자연 앞에서 인간들의 겸손함이 묻어나는 길과 집들이 우리에게는 없습니다. 그저 저만 생각하는 졸렬함이 덕지덕지 묻어나는 조잡하고 성질 급한 축조물들과 건축물들이 우리의 아름다운 풍광을 다 망가뜨려가고 있습니다. 자연에 대한 오만이지요. 탐욕이 산꼭대기까지 치고 올라갑니다.

얼마 전에 안동 하회마을에 가보았습니다. 다 알다시피 하회마을처럼 아름다운 마을이 또 어디 있겠습니까. 그러나 나는 놀랐습니다. 그 아름다운 마을과는 전혀 어울리지 않는 음식점 간판들이 그 오래된 마을의 풍경을 다 망가뜨려놓고 있었지요. 도대체 어떻게 그렇게 모양 없고 그 마을에 어울리지 않는 간판들이 그렇게나 아무렇지 않게……. 말하면 무엇 합니까. 입만 아프고, 좋은 말 귀향만 보내는 꼴이지요.

농촌 마을을 지나다가 보면 들 가운데나 마을 앞에 서 있는 느티나무를 보게 됩니다. 마을 앞과 뒤, 마을과 마을의 경계, 또는 들 가운데 있는 그런 큰 나무들은 오랜 세월 동네 사람들의 정성으로 가꾸어진 나무들이지요. 사람들이 집 문을 열고 방을 나설 때 동네 앞이 너무 횡하게 비어 있으면 어쩐지 불안을 느끼게 되지요. 텅 빈 공간을 향한 불안한 시선을 한곳으로 자연스럽게 모아 마을과 들의 중심을 잡아주고 마음의 안정과 평화를 찾아주는 이 나무들은 조상들의 슬기로운 생활과 지혜가 담긴 나무들이지요.

가난하고 없이 살았어도 우리 선조들은 산천을 읽을 줄 알았습니다. 절정을 피했지요. 편안하게 일하며 사는 일상의 안온함을 찾았지요. 명당에서 배산임수와 좌청룡우백호도 중요했지만 가장 중요한 것은 안산이었을 것입니다. 안산이 없는 명당은 명당이 아니었지요. 산의 생김새를 보고, 흐르고 모이는 물을 보고, 너무 멀리 텅 빈 공간의 공허함과 불안함을 달래주는 큰 나무와 산 안의 작은 산을 조상들은 아끼고 귀하게 대했습니다. 자연의 한없는 너그러움을 배우고, 자연의 분노를 잊지 않고, 자연 앞에 한없이 겸손했지요.

그러나 강굽이에 서 있는 오래된 나무 한 그루, 작은 실개천 하나, 고요한 산굽이 하나를 우린 그냥 두지 않습니다. 경지정리를 하면서 들판 가운데 있는 그 큰 나무 하나 제대로 보호하지 못했지요.

섬진강가 어느 동네에 아주 오래된 정자나무가 있습니다. 그 정자나무와 정자나무 앞 강굽이를 보기 위해 사람들이 찾아옵니다. 그러자 돈을 들여서 그 정자나무 밑을 정리하느라 석축을 쌓고 정자나무가 있는 언덕 난간에다가 넓은 마루를 만든답니다. 동네 할머니 한 분을 만나 이게 무슨 일이냐고 했더니, "아이고, 몰라요. 나는 그냥 냅뒀으면 좋겠드만, 아깐 돈 들여 무신 일인지 모르겠어라우." 합니다. 깊이 새겨들어야 할 말은 의외로 쉽고 간단명료합니다.

우리는 지금 내버려두어야 할 '것'과 '곳'을 분간하지 못하고 마구잡이식 개발로 산과 강에 무수한 상처를 내고 있습니다. 그 상처들이 내 몸의 상처인 줄 왜 모를까요.

지렁이 울음소리

주말이면 함께 산행을 하는 친구들이 있습니다. 높고 큰 산을 가는 게 아니라 전주에서 가까운 작은 산을 오르기도 하고, 비가 오면 우산을 쓰고 섬진강 운암 호수 언저리 비포장 길이나 순창 강천사 길을 서너 시간씩 걷기도 합니다. 동양철학을 하시는 선생님 한 분이 늘 같이 가는데 산 정상이나 호숫가에 앉아 우리나라의 아름다운 가을 들판이나 산자락에 둘러싸인 봄 마을들을 보며 퇴계나 고봉에 대해,《시경》이나《논어》의 글 구절 하나를 가지고 이런저런 이야기를 하다 보면, 신선놀음이 따로 없지 싶어요. 옛 어른들이 마음에 맞는 친구들과 고요한 산중에 앉아 세월아 네월아, 이 세월 저 세월 뒤적이며 지금 우리들처럼 이러했을 것이란 생각을 하기도 해서 나 같은 날라리 얼

146

치기 시인도 정신이 턱없이 고양되기도 합니다. 어쩔 때는 세상에 부러울 것도, 겁나는 것도, 근심걱정도 없어져서 세상을 향한 마음이 한없이 너그러워지기도 하지요.

나는 촌에 살았기 때문에 나무나 풀의 이름이나 생태를 조금 알고 있어서 때로 아는 척을 합니다. 산을 오르내리며 진달래와 산철쭉과 산동백과 산수유를 가르쳐주면 몇 주 후엔 또 까맣게 까먹어버려 사람들이 나를 애먹이기도 하지요. 풀을 꺾어 뽀얀 뜸물이 나오면 먹어도 되는 풀이고, 노란색이나 다른 색의 뜸물이 나오면 독초여서 먹으면 큰일 난다고 어머니에게 배웠고, 어떤 풀은 소나 돼지가 잘 먹는 풀이고, 또 어떤 풀은 거름으로 좋다는 것을 배웠지요.

어렸을 때 일입니다. 어머니와 밭에 가고 있었지요. 길가에 며느리밥풀꽃이 피어 있었습니다.

"옛날에 시집온 며느리가 있었단다. 며느리는 저녁밥을 짓고 있었지. 밥을 다 하고 나서 밥이 익었는지 안 익었는지 알아보려고 솥뚜껑을 열고는 솥에서 밥 티 두어 개를 얼른 집어 입에 넣는 순간, 그때 하필이면 들에서 돌아온 시어머니가 부엌문을 열고 들어오다가 그 광경을 봤단다. 시어머니는 며느리가 자기들 몰래 밥을 먼저 먹으려고 한다고 화를 내며 며느리를 그 자리에서 내쫓고 말았대. 집에서 쫓겨난 며느리가 죽었는데, 그 며느리 무덤 위에 밥알을 입에 문 것 같은 꽃이 피었단다. 그게 저 꽃이다."

이런 이야기도 해주시고, 가시가 정말 억센 넝쿨풀이 있는데 그 풀을 며느리밑씻개풀이라고 일러주기도 했지요. 그 외에도 동네에 있는 많은 풀과 꽃에 얽힌 이야기들을 해주곤 했습니다. 처음 본 나무나 풀들의 이름이나 생태를 알고 기억한다는 것은 여간 어려운 일이 아니지요.

우리나라 산이나 들을 돌아다니며 산야에 있는 나무나 풀이나 곡식들의 이름을 모르면 미안하지요. 요즘은 사람들이 우리나라 나무나 풀이나 꽃을 공부하고 있어서 다행이기도 합니다. 그런 사람들이 또 괜히 어설픈 '생태적 애국주의'에 젖어 으스대는 꼴을 보면 그것도 자연스러워 보이지는 않지요. 알면 좋지만 모르면 또 어떻습니까.

아무튼 그렇게 저렇게 산과 산길과 작은 계곡들을 찾아다니며 그야말로 유유자적 놀던 어느 날은 그 팀이 우리 시골집으로 오게 되었습니다. 촉촉하게 젖은 달빛이 산과 강가와 마을 위에 떨어지는 어스름 저녁이었지요. 우리들은 마당 잔디 위에 비닐 멍석을 깔고 둘러앉아 라면을 끓여먹고 있었지요. 산은 검지요, 먼 산에서 소쩍새는 간간이 "너 잘살고 있냐"고 물으며 울지요, 물소리는 어느 세상으로 흘러가며 "같이 가자." 속삭이지요, 풀벌레들은 우리들을 꼼짝 못하게 에워싸고 울어댔습니다.

사람들이 정신없이 라면을 퍼서 자기 그릇에 담고 있는 모습을 바라보던 나는 수많은 풀벌레 울음소리 속에서 문득 지렁이 울음소리를 들었습니다. 내가 라면을 입으로 가져가며 "야, 지렁이가 운다"고 했지요. 친구들이 라면을 상대로 재빨리 움직이던 손길을 뚝 멈추더니 입을 모아 "뭐! 지렁이가 울어?" 하며 뜨악한 표정으로 나를 바라보았습니다.

"그래, 가만히 있어봐. 저기 먼 곳에서 낭랑하고 아주 구슬프게 우는 소리 있지. 저 소리가 지렁이 울음소리여."

친구들은 하나같이 "에이, 뻥치지 마. 지렁이가 운다는 소리는 처음 들어보네. 어떻게 지렁이가 울어?" 하며 모두 나를 성토했습니다. 나야말로 정말 어처구니가 없었지요. 왜냐하면 이날 이때까지 나는 지렁이 울음소리를 듣고 살았으니까요.

"아니, 여태 지렁이 울음소리를 듣지 못했다는 거야?"

나야말로 너무나 의아했습니다. 그러나 더 놀라운 것은 내가 저 수많은 풀벌레 울음소리 속에서 지렁이의 울음소리를 찾아 그들의 귀에 넣어줄 수도, 손바닥 위에 올려놓아 줄 수도 없다는 현실이었습니다. 갑갑하고 난감하기 이를 데가 없었지요. 그때 어머님이 '뚤방'을 지나고 계셨습니다. 나는 구세주라도 만난 듯이 "어매, 지렁이가 울지요 잉~." 그랬더니 어머님은 돌아보지도 않고 "하면" 하며 지나가셨습니다. 어머님도 평생을 지렁이가 운다고 믿고 살았지요. 나도 어머니에게서 지렁이가 운다는 것을 배웠거든요.

그때였지요. 친구 중에 하나가 부스럭부스럭 휴대전화를 꺼내더니 "야, 누구야, 너 네이버에 들어가 지렁이가 운가 안 운가 알아서 전화혀." 하며 자기 아들에게 전화를 하는 것이었습니다. 참으로 난감하고도 난감했지요. 친구들은 이때다 싶었는지 나를 공격하기 시작했습니다. 그동안 산과 들을 다니며 내가 가르쳐주었던 나무 이름과 풀이름과 그것들의 생태에 대한 이야기들이 다 '뻥'이었다는 것입니다. 자기들이 모른다 싶으니까 '되나 케나'('아무렇게나'라는 뜻의 전라도 사투리) 내 맘대로 이름을 말해주었다는 것이지요. 솔직히 고백하자면 그럴 때도 더러 있었습니다. 사면초가가 따로 없었습니다. 미치고 폴짝 뛸 노릇이었습니다. 나는 기가 죽을 수밖에 없었습니다. 내가 기가 죽자, 아내와 친구 부인들이 더 좋아했습니다. 김용택이 기죽을 때도 있다는 것이지요. 조금 있으니 친구 아들에게서 전화가 왔습니다. 모두들 숨을 죽이고 기다렸지요. 친구가 전화를 끊으며 지렁이가 운다는 확실한 답은 없고 박완서 선생님의 어떤 소설속에 '지렁이 울음소리가 들렸다'는 단 한 문장이 있다는 것이었습니다. 친구들은 그 단 하나의 문장을 가지고 지렁이가 운다는 것을 절대 믿을 수 없노라고 펄펄 뛰었습니다. 나도 더 이상 어떻게 하지 못하고 기가 죽을 수밖에 없었지요.

그 일이 있고 2주일 후에 우리들은 다시 만나 산행을 했습니다. 산행이 끝나고 내려오는데 그 철학과 교수님이 천천히 말을 꺼냈습니다.

"아, 그때 선생님이 지렁이가 운다고 했잖아요. 그 이튿날 점심시간에 생물학 박사인 김의수 교수님과 우연히 마주앉아 밥을 먹게 되었는데 '김용택 선생이 그러던데 지렁이가 운다고 하대요. 정말 지렁이가 웁니까?' 하고 물어봤더니, 놀랍게도 교수님이 '울지요, 웁니다. 세계적으로 250여 종의 지렁이가 있는데 160여 종의 지렁이가 울지요.' 하고 가르쳐줍디다."

그러면 바로 그 즉시 나에게 전화를 해서 그 사실을 알려주어야지, 왜 2주일 동안이나 나를 기죽어 지내게 했냐고요.

본래 가재는 눈이 없었답니다. 어느 날 가재와 지렁이가 놀다가 지렁이가 가재에게 눈 자랑을 했습니다. 가재는 지렁이에게 그러면 나도 눈을 한번 달아보자고 졸랐습니다. 지렁이는 그러면 한 번만 달아보고 얼른 돌려 달라고 눈을 빼주었답니다. 가재가 얼른 눈을 달아보니 우와! 세상이 너무 신기하고 볼 것들이 많은 거예요. 지렁이 눈을 단 가재는 너무 좋아서 뒷걸음질로 슬슬 기어 바위 구멍 속으로 들어갔답니다. "가재야, 가재야 어디 있니? 내 눈 줘. 가재야, 내 눈 빨리 돌려줘." 그러나 가재는 뒷걸음질로 바위 속 땅을 파며 자꾸 깊이 들어갔답니다. 가재 눈이 툭 튀어나온 이유는 얼른 눈을 박아넣느라고 그렇게 되었고요. 그리고 가재는 지금도 자꾸 뒷걸음질을 하며 땅을 파고 바위 속으로 들어간답니다. 지렁이는 억울하고, 애달

프고, 서러워서 땅을 파고 돌아다니며 애둘애둘애두루루 애두루루 애두루루 애두루루 운답니다.

– 나의 동시 〈지렁이 눈〉 전문

왼손과 오른손

오른팔 팔꿈치 바로 위 바깥쪽 근육이 어찌나 저리고 아리고 아프던지, 자다가 깨어 고개를 방바닥에 처박고 파랗게 질려 으으으으 비명을 질렀습니다. 어떻게 하면 아프지 않는데 또 어떻게 하면 눈앞이 캄캄하게 통증이 와서 이를 악물곤 했습니다. 그런데 그 와중에도 문득 '오른팔, 하면 우익이잖아.' 했습니다. 그리고는 혼자 '참 지독하다.' 했지요.

올해는 '우편향', '우파', '우익', '보수', '좌편향', '좌파', '좌익', '진보'라는 말들이 유독 많이 회자되네요. 거기다가 또 '중도 우파'와 '중도 좌파'라는 말까지 보태졌지요. 진즉 용도폐기되었어야 할 이런 낡은 말들이 아직도 우리들의 일상생활 속을 돌아다니며 이런저런 성가신 간섭을 하고 있는 것을 보면 분단시대를 사는 아픔이 가슴을 쓰리게 합니다. 그런 말들이 귀신처럼 불쑥불쑥 나타나면, 그러면 나는 무슨 '익. 파. 수. 보'일까 하는 생각이 듭니다. 솔직히 말해서 나는 무슨 '익', 무슨 '파'이기엔 너무 우유부단하고 무책임하고, 무슨 '파'이기를 본능적으로 싫어합니다. 나는 생태적으로 비조직적인 인간으로 태어났다고 생각하거든요. 그리고 또 작은 마을에 오래 사는 일상에 길들여진 사람들은 정말이지 파를 고집하기가 어렵습니다. 날이면 날마다 보아야 할 얼굴들인데 '척'을 짓고 살기가 어렵거든요. 파가 적이 될 때가 있잖아요.

아무튼 나는 오른쪽 팔목이 너무나 아파서 며칠간 침을 맞고, 찜질을 하고, 부황을 뜨고, 전기치료와 물리치료를 받았습니다. 오른쪽이 아픈데 이건 또 뭔 일이여! 침은 왼쪽에다가 놓더라고요. 아니, 오른쪽이 아프면 오른쪽에다가 침을 놓아야지 왜 왼쪽이냐고 의사에게 물었더니, 신체의 '조직'(또, 그 조직!)은 모두 다 연결되어 있기 때문에 외각을 쳐서 중심을 울린다나요. 정치인들이 정치적인 목적을 위해 사용하는 그런 '순수'하지 못한 낡은 용어들이 실은 현실적인 문제를 흐리게 하고, 전혀 다른 문제를 야기해서 본질을 흐리게 하지요. 그리하여 그 말 속에 안전하게 숨어 자기 '파'의 이득을 챙기지요.

정권이 바뀔 때마다 정권을 담당한 분들이 곁에 두고 사용하는 용어 가운데 많이 사용하는 용어가 국익이라는 말일 것입니다. 국익이란 말은 어쩐지 백성의 이익과는 거리가 먼 '자기들만의 이익'이라는 느낌이 강해요. 그분들은 늘 나라가 어렵다고 하면서 전가의 보도를 꺼내들듯 유난스럽게 국익을 찾아 쥐지요. 그러면서 늘 위기라고 말하였고, 난국이라고 말하지요. 내 나이 이순인데 여태까지 경제가 어렵지 않다는 말을 들을 때가 한 번도 없었던 것 같고, 난국이 아닐 때도 없었던 것 같습니다. 제발 우리도 한 번 난국 없이 편안한 나날을 '지내고' 싶습니다. 요즘 많은 분들이 사용하고 있는 '잃어버린 10년'이라는 말도 아주 불안하다 못해 살벌하기까지 합니다.

버리고 싶은 역사가 있겠지요. 그러나 버릴 역사는 없습니다. 오랜 세월이 가며 역사는 바로 세워지겠지요. 생각이 다르다고 제발 적군을 대하듯 그러지들 좀 마세요. 정권이 바뀌면 또 다른 정권이 전 정권을 잊어버린 몇 년이라고 하며 역사 지우기에 열중하겠지요. 그리고는 또 그 몇 년을 벌충하기 위해 부산한 '난국'이 되겠지요. 제발 우리도 좀 살게요. 인간답게 생각하고 인간답게 행동하며 좀 편안히 살게요.

아무튼 나는 오른쪽 팔이 아파서 며칠간 글도 일기도 안 쓰고 빈둥거렸지요. 메일을 볼 때도 왼쪽 손가락으로 클릭을 했습니다. 글도 쓸 수 없는 팔을 내려다보며 나는 이런저런 생각을 하다가 아주 소박한 결론을 내렸습니다. '그래 그동안 내가 너무 오른쪽 손에 무리를 했구나. 그래서 오른쪽 손을 쉬게 하려고 이렇게 아픈 것이구나. 그냥 편히 놀게 해야겠구나.' 했지요. 무리하면 늘 어딘가 고장이 나는 것이 몸입니다. 어디 몸만 그러겠습니까. 세상사가 다 그렇지요. 무리라는 말은 지나치다는 말일 텐데, 모든 문제는 지나칠 때 발생합니다. 지나치다는 말은 자기만을, 또는 자기 '파'만을 생각한다는 이기적인 말이지요.

오른손을 쉬면서 왼손을 생각했습니다. 손이 두 개인 게 여간 다행이 아니고, 신체 조직의 각 부분들이 정말 절묘하다는 생각을 새삼스럽게 하게 되었지요. 결론이 너무 진부한가요?

손이 아픈 김에 어제는 시골에서 전주엘 갔다 왔지요. 모악산이 있는 구이라는 곳을 지나면 전주의 신시가지가 보여요. 신시가지라는 게 모두 아파트단지지요. 근데 놀라운 일은, 며칠 만에 전주를 가도 아파트 숲이 너무 낯선 거 있지요. 산보다 높은 아파트들이 솟아 있는 도시를 보면 정말 딴 세상처럼 느껴졌어요.

시골은 눈 뜨면 푸른 산과 작은 들과 강이지요. 들리느니 물소리, 새소리입니다. 꽃이 피고 지고 그렇게 봄이 가고, 잠잠하고 조용한 것 같은 여름이 가고 가을이 오는 자연의 변화에 몸을 실으면 정신없이 세월이 가지요. 계절의 진행은 가히 혁명적입니다. 순간순간 상황이 거듭 눈부시게 변해가요. 여기저기 이곳저곳 천지 사방팔방 눈 가고 귀 여는 곳마다 '자연의 반성'은 숨이 막히게 변화와 자기혁

신을 불러옵니다. 모판에서 모들이 자라는 봄, 그리고 털린 벼들이 널리는 가을까지, 늘 새로운 전열을 가다듬어가며 또 다른 생명의 질서를 탄생시킵니다. 자연만이 자연을 낳는 혁명의 혁혁함을 자랑하지요.

우리들은 지금 '자연친화적'이라는 말이나 '생태적'이라는 말을 입에 달고 다닙니다. 그냥 두면 저절로 그게 생태공원인데, 가만히 있는 자연을 돈을 들여 생태계를 파괴하고 공원으로 개발을 한다는 말을 서슴없이 씁니다. 바다도 죽여서 생태공원을 만들고 강과 산과 들을 부수고 파괴해서 생태공원을 조성합니다. 전국을 돌아다녀보면 전 국토가 지금 개발로 몸살을 앓고 있습니다. 국토는 지금 왼손과 오른손이 아니라 온몸에 몸살이 나 고통을 호소하고 있습니다.

자연을 죽이는 일은 동시에 자기를 죽이는 일입니다. 우리는 지금 자기 자신이 죽어가고 있는 것도 모르고 삽니다. 살벌한 우리들의 일상을 한번 들여다보세요. 사람들이 얼마나 무서워졌는데요. 사람만이 희망이라고들 말하지 마세요. 이 땅은 사람만 사는 게 아니니까요. 나는 이따금 사람이 없는 지구를 상상하곤 합니다. 저 산의 나무 한 그루, 길가의 강아지풀잎 하나, 창공을 나는 새 한 마리, 배추잎에 붙은 벌레 한 마리가 다 사람만의 것이 아닙니다. 닭이 울고, 새가 울고, 꽃이 피고, 농부들이 모를 내고 거두는 일이 우리들에게 생명을 나누어주는 일이지요. 해가 질 때면 산그늘을 밟고 강 길을 걸습니다. 서쪽 강 언덕에는 눈부신 억새들이 하얀 손이 되어 우릴 부릅니다. 샛노란 벼들이 익어가는 저문 들녘의 발광하는 가을 햇살을 봅니다.

오! 눈부신 빛이여!

눈을 감습니다. 온몸이 붕 떠오릅니다.

오늘은 새벽 논길, 강 길을 걸어 집으로 돌아와 어머니와 둘이 마주앉아 아침밥을 먹습니다. 어머니께서 손이 좀 우선하냐고 묻습니다. 뭐든 몰아붙이면 안 된다고 하십니다. 쉬엄쉬엄 하라고 합니다. 그리고 오른팔이 아플 때 왼팔을 생각하라고 하십니다. 한 팔이 회복할 수 없을 만큼 아파버리면 다른 한 팔이 무사할 리 없지요. 두 팔이 다 아파 두 팔을 다 못 쓰면 그땐 어떡합니까.

좌니 우니 하는 말들이 '좌우지간'에 싫습니다. 정말 식상해요. 낡았어요. 좌우지간 성가셔요. 좌우를 가를 것만 있고 온몸을 생각할 정상적인 생각이 우리에겐 왜 없습니까. 감도 해를 갈아가며 열고, 나뭇잎들도 해갈이를 합니다. 한 달이 크면 한 달이 작고, 올라갈 때가 있으면 내려올 때가 있지요. 세상에는 늘 그 '때'가 있음을 알아야 할 '때'입니다.

오동꽃을 처음 알았네

징검다리를 건너며 물소리를 들어보셨는지 모르겠습니다. 징검다리를 건너면 강을 다 건널 때까지 곳곳에서 나는 물소리가 다릅니다. 물의 양이 적은 물가의 물소리는 작게 들리다가, 강 가운데로 가면서 징검돌도 커지고 물의 양도 많아져서 징검돌에서 물 부서지는 소리가 크게 들리다가는, 강 건너 가까이 이르면 물소리가 점점 작아지다가 잦아지지요. 그리고 징검다리를 벗어나면 그냥 강물 소리로 들립니다. 그렇다고 물소리가 일정한 장소에서 매번 같은 소리를 내는 것은 아닙니다. 들을 때마다 그 소리가 다릅니다. 물소리를 가만히 듣고 앉아 있으면, 실 꾸러미에서 실마리를 찾아 풀어내듯 내 몸과 마음을 물소리가 풀어가기도 합니다. 이 세상에서 가장 아름다운 소리는 물소리 같아요. 물소리를 따라가면 마음이 한없어지지요.

　가을 산길을 걷다 보면 많은 소리들이 들립니다. 새들이 우는 소리가 들리지요. 다 익은 알밤이나 도토리가 나뭇잎을 때리며 투두둑 떨어지는 소리가 들리지요. 찬 이슬이 풀잎이나 거미줄에서 떨어지며 후드득 울기도 합니다. 다람쥐나 족제비나 청설모나 들쥐의 발길에 채인 작은 자갈들이 구르는 소리도 들립니다. 새들이 마른 낙엽을 밟고 걸어가는 소리도 들립니다. 고라닌지 너구린지 후다닥 뛰는 소리도 들리고, 풀벌레도 울고, 꿩이 울기도 하고, 논을 만나면 찰랑찰랑 벼 이삭들이 부딪치는 소리도 들리고, 메뚜기가 폴짝 뛰는 소리가 들리고, 때로는 마른 풀잎들 뒤척이는 소리나 밭에서 빈 옥수숫대 쓰러지는 소리도 들립니다.

　많은 자연의 소리 중에서 늦가을 밤에 마당을 지나가는 바람을 따라 구르거나 끌려가는 감잎 소리나 마른 지푸라기 소리는 정말 환장하게 사람을 스산하게 합니다. 장광에 감잎 지는 소리는 또 어떻고요. 뜬 눈이 말짱해지고 모로 누운 몸을 잔뜩 웅크리게 하지요. 부엉새가 우는 겨울 밤 앞산의 마른 상수리나무잎에 부딪치는 밤바람 소리도 밤잠을 설치게 합니다. 겨울 밤 사그락거리는 소리에 눈을 뚝 떠서 무슨 소린가 하고 가만히 귀를 기울이면 눈 위에 눈이 내리는 소리입니다. 정말 눈 위에 눈이 내리는 소리를 듣고는 잠 못 잡니다. 울고 싶을 때가 다 있지요. 마음의 눈이 뚝 떠지지요. 눈 소복이 쌓이는 밤은 창호지 문까지 환합니다.

어느 해 나는 마을 앞에 있는 징검다리를 건너며 징검다리에 부
딪치는 밤 물소리를 녹음한 적이 있었지요. 가만가만 발걸음을 옮겨
디디며 물 가까이 녹음기를 대고 물소리를 녹음하고는 강 건너 길을
걸으며 풀벌레, 소쩍새, 쪽쪽새, 개구리 울음소리들을 녹음했지요.
그리고 집에 와서 녹음기를 틀었는데, 아! 그 많은 소리들 속에 자박
거리는 내 발소리가 있었습니다. 나는 놀랐습니다. 수없이 길을 걸
었는데도 내 발소리를 내가 듣지 못했거든요. 내 발소리를 찾는 날
이었습니다. 정말 신기했지요. 그 뒤로 길을 걸으며 나는 때로 내 발
소리에 귀를 기울이곤 했습니다. 길을 걸으며 내 발소리를 가만가만
따르다 보면 다른 소리들은 사라집니다. 내 발소리가 점점 내 마음
속으로 걸어 들어와 자박거립니다. 내 안의 소리가 되지요. 나를 들
여다보는 것이겠지요. 그렇게 자박거리는 내 발소리를 따르다 보면
어쩔 때는 정말 한가하고 태평하고 마음이 무심해져서 세상만사가
무덤덤해지기도 해서 깜짝 놀라기도 합니다.

집에 가는 길에

바스락 소리 뭘까?

이 글은 전학온 2학년 현아가 쓴 글입니다. 현아는 서울에서 전학

을 왔지요. 현아의 아버지도 내가 가르쳤습니다. 현아를 바라보고 있으면 오래전 내가 가르쳤던 현아 아버지의 모습이 희미하게 지나가곤 합니다. 현아는 그렇게 시골로 와서 농사를 짓고 사는 할아버지와 함께 살게 된 것입니다. 한 고장에서 오래 선생을 하다 보니 아이들의 아버지와 어머니를 가르치게 되었지요. 하는 짓이 꼭 자기 아버지 같고, 공부도 그만그만하게 합니다. 뛰어가는 뒷모습이나 달려오는 앞모습을 보면 하도 옛날 자기 어머니 뛰는 모습과 흡사해서 혼자 피식 웃을 때도 있지요. 현아가 시골에서 살게 된다는 것을 스스로 알게 되었을 때 낯선 산과, 강과 들의 나무와 곡식들과, 이웃 할아버지 할머니들과, 어쩌다 밤에 밖에 나와 바라본 밤하늘이 어떠했을 것이라는 것을 나는 상상하곤 했지요.

서울이 얼마나 밤낮없이 시끄럽고 소란스럽고 수선스럽고 번잡스러운 곳입니까. 서울 매미하고 시골 매미하고는 울음소리의 크기가 다릅니다. 서울에서 우는 매미 소리는 정말 크고 드세지요. 밤에도 울더라고요. 사람들 사는 모습과 어쩌면 그렇게나 닮았는지 모릅니다. 사람들이 살아가면서 내는 소란스럽고 시끄러운 소리들을 이겨내야 하기 때문에 매미들이 자연스럽게 큰소리로 사납게 울게 된 것이겠지요. 우리들의 삶이 그렇게 남을 향해 악착같다는 반증일 것입니다.

명절 때 사람들이 고향에 와서 하루 이틀은 그럭저럭 잘 지내다가 사흘이 넘어가면 모두 괜히 안절부절못하지요. 앉을 자리도, 서 있을 자리도 없는 사람들처럼 서성거리고 큰집으로 작은집으로 강변으로 왔다 갔다 합니다. 괜히 허 대고 서대지요. 서울 사람들이 시골에 와서 제일 못 견뎌하는 것이 아마 고요와 적막일 것입니다. 괜히 심심해져서 안절부절못하는 사람들을 보며 나는 '지랄발광을 하네.' 하며 혼자 웃지요. 현아가 그 소란스럽고 어지러운 서울에서 살다가 적막하고 고요한 시골에 길들여지기까지 많은 시간이 필요했겠지요. 그리고 드디어 어느 날 차에서 내려 자기 집까지 산비탈 길을 올라가다가 길섶에서 나는 바스락 소리를 듣고는 '바스락 소리/뭘까?' 하는 의문을 갖게 되었겠지요.

현아네 집으로 오르는 길 아래는 작은 잡목들이 자라는 야산이나 마찬가지입니다. 나뭇잎들이 쌓인 곳이지요. 바스락 소리가 뱀이 기어가는 소리였는지, 들쥐가 움직이며 내는 소리였는지, 다람쥐가 뛰어가며 내는 소리였는지 모르지요.

나는 이 글을 보고 현아에 대해 안심을 했지요. 아, 드디어 현아가 자기가 살 곳의 자연과 환경에 자기도 모르게 익숙해지고 있구나, 하는 생각을 한 것이지요. 그 후, 현아는 할아버지가 들에서 돌아오셔서 지게를 내려놓을 때 들리는 쿵 소리도 들을 줄 알게 되고, 콩 타작을 하는 소리를 듣고 '콩콩콩/콩을 까면/콩콩콩/소리가 나네' 하는 경쾌한 동시도 쓰고, 밤에 소쩍새 우는 소리도 듣게 되고, 꾀꼬리

울음소리도 듣게 되고, 도랑 물소리, 소 울음소리, 닭 울음소리도 듣게 되고, 나중에는 '오동꽃은 보라색이네/이 마을 저 마을 없는 데가 없네/나는 오동꽃을 처음 알았네'라는, 첫사랑을 노래한 것 같은 이런 시도 쓰게 되었지요.

자연은 그렇게 자기도 모르게 몸과 마음에 담아지지요. 무궁무진한 생명의 질서에 몸을 섞는 일이지요. 한 인간이 그렇게 자연에 적응하고 순응하고 귀의하여 한 '잎'의 순환 길에 숨결을 섞는다는 것은 장엄이지요.

내가 현장에 있을 때는 잘 몰랐는데 요즘 초등학교 운동장이나 골목이나 놀이터를 보고 깜짝 놀랍니다. 아이들이 바글바글해야 할 곳들이 너무 조용해요. 아이들이 운동장에서, 골목길에서, 동네 놀이터에서 사라져버렸습니다. 아파트에서 이따금 아이들 소리가 들리면 나는 깜짝 반가워, 하던 일을 멈추고 아이들이 노는 모습을 신기하게 바라봅니다. 아이들이 사라진 훤한 낮과 해질녘을 보며 나는 공포감을 느낄 때가 다 있습니다. 밤과 낮으로 아이들이 사라진 나라가 우리나랍니다. 아이들이 지금 다 어디에서 무슨 소리를 듣고 있을까요.

팽이야 빙빙 돌아라

팽이야 빙빙 돌아라. 어지럽다고 멈추지 말아라.

팽이야 빙빙 돌아라. 멈추면 죽는다.

팽이야 돌아라. 힘차게 돌아라.

팽이야 빙빙 돌아라. 니 위에 무거운 게 떨어졌다고 멈추지 말

아라.

팽이야 빙빙 돌아라. 물에 떨어져도 돌아라.

빨간 팽이, 노란 팽이, 초록 팽이 모두 돌아라.

팽이야 빙빙 돌아라. 거센 바람이 불어도 돌아라.

- 강희창, 〈팽이〉

아침 안개가 자욱합니다. 안개 속 논가에 고마리 작은 꽃송이들이 울긋불긋 아름답습니다.

교문에 들어섰습니다. 용민이, 현수, 한빈이, 강수, 은희가 안개 속에서 놀다가 나를 보더니 일제히 얼굴을 돌리며 큰소리로 인사를 합니다. 꼭 고마리 꽃송이들 같습니다. 교실에 들어서니 희창이란 놈이 혼자 앉아 무엇인가 하고 있습니다. 들여다보았더니 일기를 쓰고 있었습니다. 어른이건 아이건 혼자 앉아 무엇인가 하고 있는 호젓한 모습은 예쁩니다. 안개 낀 학교와 학교 둘레의 모습이 장엄합니다. 그 장엄함 속 아이들 모습과 아이들 목소리는 얼마나 청량하고 신비로운지요.

점심시간에 속이 불편해서 보건실에 가서 약을 먹고 나오는데, 다은이가 저쪽 복도 끝에서 나에게 달려옵니다.

"저 밥 많이 먹었는데요."

요사이 아이들이 밥을 너무 많이 남겨 밥 다 먹기를 지도하는 중입니다.

"잘했다"며 걷는데, 다은이가 내 곁에서 나란히 걸으며 내 손을 잡습니다. 작은 손이 따스합니다. 구름 속에서 나온 햇살이 좋아 현관 밖으로 나오자 다은이도 따라 나옵니다.

"선생님 어디 가요?"

"으응, 햇빛 보러."

다은이도 따라나와 나랑 나란히 햇볕 앞에 섰습니다.

"아! 햇살이 참 좋다."

다은이가 감탄하며 하얀 운동장을 바라봅니다. 나와 나란히 서 있는 다은이를 보며 말했습니다.

"다은아."

"예."

"나는 다은이가 좋아."

그랬더니 다은이도 "나도 선생님이 좋아요." 그럽니다.

해가 구름 속으로 들어갔다가 나왔다가 하는 모습을 둘이 오래 보고 서 있었습니다. 이렇게 사람들이, 우리가 사는 세상이 다 좋을 때가 있습니다.

국어 읽기 시간입니다. '마을 회의'라는 단원이 있지요. 마을길을 넓히는 일 때문에 마을 회의가 열렸습니다. 책의 내용을 보면 길을 넓히자는 쪽과 넓히지 말자는 쪽 의견이 팽팽합니다. 아이들에게 너희는 어떻게 생각하느냐고 의견을 물어보았습니다. 여덟 명 중에 일곱 명은 길을 넓혀야 한다는 의견이었고, 한 명만 반대 의견을 냈습니다.

아이들에게 그러면 나는 어느 쪽일 것 같으냐고 물어보았습니다. 여덟 명 중에 두 명은 선생님은 길을 넓히는 쪽일 거라고 했고, 여섯

명은 길을 넓히지 말자는 쪽일 거라고 했습니다. 아이들은 평소 나의 말이나 동네 어른들끼리 하는 말을 종합해서 대답할 것이라는 생각을 했습니다. 은희에게 왜 그렇게 생각할 것 같으냐고 물었습니다. 은희가 대답했습니다.

"선생님은 시인이기 때문에, 나무와 꽃을 사랑하는 사람이기 때문에요."

은희는 덧붙였습니다.

"선생님은 서정 시인이죠."

"누가 그러대?"

"우리 어머니가요. 선생님은 농촌 서정 시인이래요."

아침에 교문으로 올라가니 다은이가 "선생니임" 하며 비탈진 교문에서 뛰어내려 옵니다. '다은이 뒤엔 희창이가 있겠지?' 생각하는데 과연 희창이가 교문 모퉁이를 돌아 내려오다가 나를 보자 크게 인사를 합니다. 다은이가 내 손을 잡습니다. 찹니다. 차다고 하니 다은이가 내 얼굴에 손을 댑니다. 흠칫 놀랐습니다. 손이 오리발처럼 빨갛습니다. 희창이를 따라 한빈이, 종현이가 뛰어옵니다. 한빈이가 새 점퍼를 입고 왔는데 잘 어울리고, 아침 풀잎처럼 모습이 산뜻하고 예쁩니다. 종현이가 나더러 "선생님, 왜 오늘은 차 안 타고 오세요?" 하고 묻습니다. 걸어왔다고 하니 "우와! 멀었겠다." 하며 뛰어갑니다.

2학년 아이들의 몸짓은 어찌 저리도 빛나 보이는지, 사심이 없는 아이들의 몸짓은 늘 눈이 부십니다. 이 세상에 사심 없이 뛰노는 아이들은 나무들같이 순수합니다. 깨끗한 풀잎처럼 햇살 속을 뛰어다닙니다. 뛰노는 아이들은 바람 속의 풀잎입니다. 운동장에 난 잔디에 서리가 하얗습니다. 아이들이 저 서리를 밟고 뜁니다. 아니, 튑니다.

이 세상 모든 사람 중에서 나는 초등학교 2학년 아이들을 제일 좋아합니다. 그래서 나는 오랫동안 2학년과 같이 지냈지요.

퇴근하려고 운동장으로 나갔습니다. 희창이가 학교 아래 마을에서 뛰어 올라오더니 혼자 땅바닥에 막대기로 금을 긋고 있습니다. 글자도 아니고 무슨 형상도 아닙니다. 그저 이리저리 앞으로 뒤로 옆으로 금을 긋습니다. 4시 30분인데도 해가 뒷산을 넘어가고 앞산 머리에 햇살이 조금 걸렸습니다.

"희창아, 어디 갔다 왔어?"

"동네 한 바퀴 돌았어요."

"혼자?"

"네."

"왜?"

"그냥요."

"그냥?"

"네."

"아무도 없어?"

"네."

강 건너 산마루에 걸려 있던 햇살도 넘어갔습니다. 바람이 붑니다. 운동장이 너무 커 보입니다. 나는 차창 밖으로 얼굴을 내밀고 희창이가 땅바닥에 금을 긋고 있는 것을 보며 말을 겁니다.

"희창아, 지금 혼자 뭐해?"

"그냥요."

"그냥 뭐 허냐고?"

"그냥요."

"그냥 뭐 허냐고?"

희창이는 고개도 들지 않고 자꾸 운동장에 이리저리 금을 긋고 있습니다.

"희창아, 나 간다."

"네, 안녕히 가세요."

운동장이 너무 커서 자꾸 슬픕니다. 해가 넘어가버린 운동장이 너무 넓어서, 놀 사람이 없어서 땅하고 막대기하고 노는 희창이가 너무 심심해 보여서 자꾸 뒤돌아보게 됩니다.

희창이가 땅에 그은 선들이 훌륭한 그림이리라. 훌륭한 친구고,

아름다운 이야기고, 빛나는 말이리라.

　해가 지는 장엄한 자연 속에 희창이는 홀로 있었습니다. 가을바람, 나무, 하늘, 물소리, 흙, 나무 막대기, 검게 일어서는 산, 어둔 하늘 별빛 아래 희창이는 홀로 서 있습니다.

　　　시 써라.

　　　뭘 써요?

　　　시 쓰라고

　　　뭘 써요?

　　　시 써 내라고!

　　　네.

　　　제목은 뭘 써요?

　　　니 맘대로 해야지.

　　　뭘 쓰라고요.

　　　1번만 더 하면 죽는다.

　　　　　　　　　　　　　　　－ 문성민, 〈뭘 써요, 뭘 쓰라고요?〉

시골 쥐

나는 쥐띠입니다. 무자 생, 2008년이 환갑이었지요. 6.25 이태 전에 태어났습니다. 어른들 등에 업혀 피난 갔다 왔고요. 전쟁의 총소리는 듣지 못했습니다. 보릿고개의 끄트머리쯤에서 배곯았지요. 초등학교 졸업과 함께 애기 지게 지고 부모님 밑에서 농사 일 배우다가 돈벌로 서울 길 갔지요. 구석구석 우리나라 경제 성장의 주역이었습니다. 저임금 저곡가 속 '조국 근대화의 일꾼으로' 별의별 일들을 다 겪어냈지요. 살아남은 '전태일'들이지요. 전태일이 무자 생입니다.

오래오래 그리고 길고도 길게 우리의 삶은 정치, 경제, 사회, 문화 예술적으로 격동기였습니다. 참 말 많은 날들이었지요. 한국전쟁이라는 말부터 시작해서 국가보안법시행, 5.16 군사쿠데타, 혁명공

약, 새마을운동, 베트남 파병, 6.3 한일회담 반대, 수출 100억 달러 달성, 주민등록증 최초 발급, 10월 유신, 5공화국, 5.18 광주민주화 운동, 통일, 민주화, 분단, 이산가족 찾기, 6월 민주항쟁, 여야 간 정권교체, 아이엠에프, 남북정상회담, 월드컵 4강, 미국산 쇠고기 반대 촛불집회, 금융 위기, 쌀 직불제라는 말이 생기기까지 숨 가쁘게 달려왔습니다. 그리고 이제 우리 시골 쥐들도 글로벌이라는 이상한 '벌'의 세상에 편입되었습니다.

글로벌이라는 세상이 도래해서 그 쥐들이 일으킨 경제가 지금 휘청거립니다. 무한경쟁과 고도성장에 기댄 인류에게 남은 것은 위기의 연속이겠지요. 지금처럼 인간의 탐욕의 끝이 안 보이는 세계질서가 계속 유지된다면 인류는 벼랑을 향해 달리는 기차 꼴이 되겠지요. 기차가 날개를 달지 않는 한, 인류는 낭떠러지로 곤두박질칠 것입니다. 잘사는 것이 오직 경제, 즉 돈뿐이라면 우리네 삶은 얼마나 슬프겠습니까. 참 초라하고 불쌍하지요. 생산 체계를 땅 중심으로 바꾸어야지요. 자연을 착취하는 일방적인 생산이 아니라 자연과의 상생적인 공동체가 절실해져옵니다. 인간정신에 가치를 실어야지요. 글로벌할수록 자기가 중요합니다. 자기가 세상의 중심으로 서지 않으면 쓰러지고 휩쓸리고 살아남지 못합니다. 태풍이 오면 제일 먼저 쥐가 새끼들을 데리고 이사를 간다는 이야기가 있습니다.

우리 동네만 해도 쥐띠가 여섯이었습니다. 하나는 죽고 다 서울

174

로 갔지요. 나만 혼자 강가에 남았지요. 마을에 친구 하나 없는 고독한 청춘시절을 보냈습니다. 가을비 올 때, 저녁밥 먹고 놀러갈 친구가 마을에 한 명도 없다는 것은 정말 외로운 일이었습니다. 그래서 어느 해에 이 마을 저 마을에 남은 외로운 덕치면 쥐띠들을 불러 모았지요. 이런저런 사정의 쥐덫에 걸린 쥐들이 논두렁, 밭두렁을 뒤지며 살다 보니 엎친 데 덮친다고 나라가 놓은 농업정책이라는 덫에 걸려 뻐르적거리며 산 쥐들이지요. 헐벗고 배곯던 시절은 갔다지만, 그때나 이때나 사는 일은 한 발 두 발 팍팍하지요. 살아갈수록 근심은 깊어지고 걱정은 쌓이는 게 인생 아니던가요. 그런 세월도 세월이어서, 세월은 쏜 화살이지요.

그렇게 아침저녁 논두렁에 찬이슬로 발등 적시며 살아온 시골 쥐들이 모이니 모두 일곱 마리, 아니 일곱 명이었습니다. 그 쥐들이 천렵도 하고 관광차 타고 여행도 하고 그렇게 몇 해를 지나다 보니 쥐 몇 마리가 또 서울 쥐가 되어 가버리데요. 숫자가 너무 적다 보니 계가 시들시들해져서 그러면 이웃 강진면에 있는 쥐들까지 합쳐보자고 해서 다 합쳤더니, 두 면의 쥐들이 모두 열두어 명 되었습니다. 몇해 지나다 보니 몇 마리 쥐는 이런저런 일로 스스로 계에서 나가고, 몇 명은 죽어서 지 살던 땅에 서럽게 묻혔습니다. 지금은 아홉 명이 남았습니다.

시골 쥐들이 모여 놀 때 얼굴들을 가만히 들여다보면 다 험한 세

월을 견디고 온 놈들답게 모진 풍상의 그늘과 주름들이 얼굴에 덕지
덕지 묻어 있습니다. 까맣게 탄 얼굴과 소나무껍질 같은 손을 보노
라면 눈앞이 흐려질 때가 있지요. 그래도 아직까지 논밭두렁을 부지
런히 뒤지며 살고 있는 친구들이 내 곁에 있다는 게 여간 다행이 아
닙니다. 아마 전통적인 농사꾼으로 살아온, 그런 마을의 공동체적인
정서가 몸에 짙게 밴 농사꾼으로서는 우리 또래가 마지막이겠지요.
이제 농사는 없지요. 벼 누런 들녘에 새로운 도시 건설의 청사진들
이 하루가 다르게 쏟아집니다.

이 농사꾼 쥐들이 이따금 모입니다. 아들딸이 시집장가 가거나 부
모상을 당하거나 할 때도 모이고, 계절 별로 한가한 날을 잡아 모여
고기 먹고 술 먹고 놉니다. 이달 초에는 친구 아들이 박사 학위를 받
았다고 해서 '덕치 강진 무자 생 일동'으로 강진면 소재지에 축하
'푸랑카드'를 하나 근사하게 만들어 바람에 펄럭이게 했지요. 그랬
더니 그 친구가 좋아하며 돼지를 잡아 우리들을 대접하기도 했습니
다. 산전수전 다 겪은 친구지요. 돈도 좀 벌고 아들딸들도 다 잘 키운
걸 보면 주모가 단단한 친구입니다. 같이 만나 농하고 욕하고 놀 때
보면 세상물정에 밝아서 면소재지에서 공화당 시절부터 '정치적'으
로 물들어 산 놈 치고는 그래도 괜찮은 쥐라는 생각을 하게 하지요.
실속이 있는 친구지요. 의리 있고 경우가 밝아서 다 좋아합니다. 욕
을 아주 잘해서 그 친구와 만나면 욕으로 시작해서 욕으로 만남이

끝이 납니다. 만나기가 바쁘게 어찌나 욕을 하는지 아내들이 "또 시작하네, 또 시작해." 합니다. 이 세상에 욕이 통하는 친구들만큼 친한 친구는 없지요.

나는 이 친구들 속에 가면 자유롭습니다. 아무렇게나 퍼질러앉아 큰소리치며 밥을 먹든 말든 누구하나 이러네 저러네 말하고 말리는 사람 없지요. 높은 놈 낮은 놈 없어 눈치 볼 일 없는 평등의 술자리지요. 편하게 앉아 술을 마시고 오래 있으면 두 다리 뻗고 누워서 노닥거려도 누구 하나 교양이니 실례니 하는, 아무짝에도 쓸데없이 너절한 예의격식 같은 것들은 찾지 않지요. 욕을 하든 무슨 지랄을 하든 간섭하지 않지요. 무슨 짓을 하든 흉이 되지 않는 자리는 후련하고 유쾌하지요. 완전히 자유 해방공간입니다.

세상 사람들이 그 얼마나 가식과 허위 속에 형식을 찾아 '내용 없이 아름답게' 빈 콩 껍질로 공허하게들 삽니까. 있는 체 하지요. 잘난 체 하지요. 아는 체 하지요. 얼굴 표정 가지런히 하고 앉아 교양 있는 체 하지요. 논리 펴지요. 말놀이 하지요. 너절한 교양이 없는 날것으로서의 노골적인 삶이 빛날 때가 더 많습니다. 흙과 땀으로 범벅이 된 몸으로 논두렁에 벌러덩 누워 해를 바라보는, 그런 생활은 교양하고는 거리가 멀지요. 같잖은 교양이, 같잖은 깨달음이, 말도 안 되는 허구가, 땅에 뿌리내리지 못하는 지식이, 매우 그럴듯한, 그러나 써먹으려 하면 땅에 발이 닿지 않는 논리와 설익은 개똥철학들이 얼마나 혹세무민하는 세상입니까. 내용 없이 그럴듯한 형식만 갖춘 자리를 나는 아주 싫어합니다. 깽판 놓고 싶지요. '에라이' 하며 뛰쳐나오고 싶은 때와 곳이 얼마나 많습니까. 나는 질퍽한 삶의 냄새가 몸에 밴 소박하고 진솔하고 꾸밈없는 시골 쥐들의 세상이 그래서 그냥 좋습니다.

'리얼함'은 힘입니다. 있는 그대로 표현하고 산다고 해서 지혜가 없는 것은 아니지요. 일 속에서 터득하고 깨달은 인격이 단단할 때가 많습니다. 60년을 산 사골 쥐들도 넘지 말아야 할 일상의 선쯤은 알고 있지요. 설익은 지식으로 고양된 인격이 얼마나 우멍하고(음흉하고), 엉큼하고, 과장되고, 간사하고, 비루하고, 지루한지 모릅니다. 그런 교양, 우! 우! 하품 나오지요.

어깨 걸면 다정하고 정답고, 모진 세월 견디고 살면서 땅에서 삶의 지혜와 인내를 배운 농사꾼들의 그 못나서 평화로운 자연의 얼굴들이 나는 좋습니다. 그 쥐들이 환갑을 맞아 농사철 끝나면 북경을 가기로 했습니다. 그 여행 생각만 해도 재미있겠지요.

국수

아파트 뒷산에 상수리나무와 도토리나무가 많습니다. 어슴푸레하
게 날이 새기 시작하면 산책을 나가는데, 요즘 길 가운데에 동그란 것
들이 뒹굴고 있습니다. 허리를 굽혀 주워보면 상수리입니다. 흙먼지
를 닦아보면 땡글땡글한 것이 앙증맞기 그지없습니다. 상수리는 촉
촉하게 젖어 있습니다. 상수리를 호주머니에 넣고 만지며 길을 걷다
가 날이 훤해지면 꺼내어봅니다. 단단하게 익은 모습은 아닙니다. 잔
주름이 보입니다. 가뭄 탓입니다. 사람들이 걸어 다니는 산책길엔 먼
지들이 풀썩입니다. 걸을 때마다 먼지가 풀풀 일어나 발등에 쌓입니
다. 지렁이들이 죽어 있습니다.

날이 너무 가물면 지렁이들은 땅 위로 올라옵니다. 지렁이 기어간

자리라더니, 마른 흙 위에 지렁이가 기어간 자리가 확연합니다. 그 자국 끝에 지렁이들이 뽀얀 먼지를 둘러쓰고 꿈틀거리는 모습을 보고 있으면 목이 마릅니다. 마른 땅에 습기를 빼앗기지 않으려고 단단한 길바닥 땅을 뚫고 올라오는 모양인데, 그게 죽음의 길이 됩니다. 참나무 잎은 겨울에도 잘 떨어지지 않는데 푸른 참나무 잎이 시들거리다가 푸른색을 띤 채 떨어져 있습니다. 마삭줄도, 개나리도, 길가의 여귀풀도, 싸리나무도 시들거리며 몸이 배배 꼬이며 말라갑니다.

오늘은 시골에 갔습니다. 운암교를 지나는데 섬진강 댐 물이 훌쩍 줄어들어 있습니다. 댐 속에 수몰되었던 논과 논, 마을과 마을로 가는 다리들이 드러나 있습니다. 댐 물이 마르면 왠지 마음이 조급해집니다. 정말 어떻게 할 수가 없는 노릇이 가뭄입니다. 누가 저 너른 공간에 물을 채웁니까. 마을에 들어서니 강물도 쑥 빠졌습니다. 강물 속에 감추어져 있던 물 때 묻은 돌들이 하얗게 드러났습니다. 어머니 몸같이 보트게 말라가는 강물을 보면 가슴이 조여옵니다. 바위가 많은 앞산과 옆 산의 나무들이 짙은 갈색으로 타들어갑니다. 동네에 있는 복두네 샘과 우리 뒷집 샘도 말라갑니다. 두 집 샘 물이 마르는 것은 정말 오래 가물다는 뜻이지요. 옛날에 동네 샘물이 마르면 앞강에서 물을 길어다가 먹었지요. 물동이에 물을 길어 이고 강에서 마을로 걸어오는 모습은 짙은 서정이었지요. 지금은 마을 뒷산에 만들어놓은 상수도에서 물을 가져옵니다.

집 앞에 있는 한수 형님네(참, 한수 형님이 아직도 병원에 계십니다.), 태환이 형님네, 동환이 아저씨네, 만조 형님네, 종만이 아저씨네, 승권이네 벼들은 다 베었습니다. 담배 집 앞에 있는 이장네 논 벼들만 따가운 햇살 속에 샛노랗게 서 있습니다. 내일모래 비가 온다고 해서 아직 베지 않았답니다. 정자나무 밑에 있는 한수 형님네 산두도, 회관 옆 밭에 있는 성민이네 산두도 다 베었습니다. 꾀꼬리 울음소리를 듣고 난 깨도, 보리타작하는 도리깨 소리를 듣고 난 토란도, 고추도 콩도 팥도 이미 다 추수를 끝냈습니다. 동네 앞 논밭에는 이제 배추와 무만 싱싱하게 자라고 있습니다. 나는 가을 들판의 푸른 배추밭을 좋아합니다. 모든 곡식들이 다 떠나간 빈 들판에 싱싱하게 푸른색을 띤 배추와 무는 가을 들녘의 생명력을 확인시켜줍니다. 무밭을 지나다 무들이 하얗게 땅 위로 솟아 있는 것을 보면 내 몸이 불끈하지요.

마을 앞 강 길에는 벼들이 누렇게 널려 있습니다. 가을이 길고 햇살이 좋아서 올해는 벼 작황이 좋았습니다. 회관 마당 구석과 정자에는 벼 가마니들이 길고 높게 쌓여 있습니다. 마을 안길에는 콩 타작을 한 검정콩, 녹두콩, 메주콩이 널려 있습니다. 가물었는데도 콩들이 실하게 잘 여물었습니다.

회관 앞마당에 어머니들 넷이 이마를 마주대고 둘러앉아 무슨 일인가 합니다. 가까이 가보니, 빨간 팥입니다. 빨간 팥을 둘러싸고 앉아 벌레 먹은 팥을 가립니다. 이게 누구네 것이냐고 물으니, 택수네 것이라고 합니다. 택수네 것인데 택수 아버지도 택수 어머니도 보이지 않습니다. 택수 어머니는 회관 앞 밭에서 혼자 깻단를 모으고 있습니다. 왜 이렇게 뜨거운 햇볕 속에서 일을 하냐고 하며, 내가 회관 그늘로 팥이 널린 비닐 덕석을 끌어 옮겼습니다. 사람들이 팥을 따라옵니다. 팥이 붉기도 합니다. 요즘은 콩밭에도 깨밭에도 농약을 해야 합니다. 농약을 안 한 곡식은 이제 고구마뿐이고 과일은 앞산 토종 감뿐입니다.

팥을 고르다가 점심때가 되었다고 성민이 할머니가 국수를 삶는답니다. 그때 승용차 한 대가 회관 마당으로 들어오더니, 벽에 흰 종이를 붙이며 군의원 보궐선거에 등록한 사람이 한 사람밖에 없어 무투표 당선이 되었다고 합니다. 어머니들은 모두 거 잘되었다고 합니다. 뽑아놓고 보면 그 사람이 그 사람인데 며칠간 시끄러울 것이고, 또 투표한다고 오라니 가라니 안 하게 되어 속 편하게 잘 되었다고 합니다. 거 참, 참말로 잘 되었습니다.

국수가 다 되었습니다. 자전거 타고 중원 간 만조 형님도 돌아오고, 종길이 아제도 오토바이 타고 들에서 돌아오고, 이장도 오고, 수술 후 서울에서 휴양 차 와 있는 용조 형님과 태환이 형수님도 오고 회관에 모였습니다. 팥을 가리던 이장 어머니, 우리 어머니, 성민이 할머니, 만조 형님과 형수, 태주 어머니, 현수 어머니 다 모였습니다. 다 모여도 이만큼밖에 안 됩니다. 당숙모하고 재구 어머니하고 담배집 할머니가 안 보여 어디 가셨냐니까, 순창 고추장 축제에 가셨다고 합니다. 종만이 아저씨 내외는 이웃마을 새 집 짓는 처갓집으로 밥 먹으러 가신다고 가셨습니다. 마을 끝에 있는 길에는 한수 형님 형수씨와 현석이 어머니 둘이 이마를 마주대고 오전 내내 콩을 가리는지 팥을 가리는지 꼼짝 않고 앉아 있어서, 내가 국수 먹자고 고함을 질러도 고개만 조금 들더니 그냥 일을 합니다. 그냥 우리들끼리 국수를 먹었습니다.

국수를 배 터지게 먹고 집에 와서 텔레비전을 틀었더니 쌀 직불제 문제가 벌써 네 탓, 네 탓 꼬리를 사릴 낌새를 보입니다. 티브이 끄고 회관에 나가보았더니 어머니들이 비닐 덕석 위에 엎디고 한 팔 베고 모로 누워 팥을 가립니다. 세상 편해 보입니다. 허리가 아파서 그런답니다. 졸리기도 하구요. 딴 나라 같습니다. 세상에 이런 평화가 따로 없을 듯합니다. 자기들끼리 나라를 이리저리 뒤집으며 지지고 볶고 삶고 생난리 지랄들을 하든 말든 이 노인들은 붉은 팥 속에서 벌레 먹은 팥을 가려내며 고시랑고시랑 느긋하고 한갓집니다. 그러다가 어떤 어머니가 푸석푸석 말라가는 단풍 든 앞산을 보며 "날이 저렇게 가물어도 쓰까?" 하니 "섬진강 물이 다 마르기야 허겄어. 여그 섬진강 시인 있고만." 합니다. 나는 "으잉?" 하며 놀랍니다. 그리고는 또 무심히 풀을 가립니다. 자기 집 잔일이 다 끝난 동네 할머니들이 이렇게 모여 다른 집일을 자기 집일처럼 한 가지 두 가지 달려들어 추려냅니다. 일 년 내내 그러지요.

곡식들이 집 안으로 다 들어와 자리를 잡아가며 집집이 가을 일들이 아주 깔끔하게 마무리되고 있는 중입니다. 그리고 날씨가 추워지면 "이 긴 세한을 어치고 다 논데야." 하며 신 벗고 회관 방으로 들어가고, 눈 녹는 춘삼월에 신발 신으며 "하따, 벌써 봄이 와버렸구마잉~." 하며 회관 방을 나옵니다. 쇠도 녹였을 평생의 노동에도 이 노인들은 노는 몸이 제일 무섭답니다. 손 하나 까딱 하지 않고 희고 고운 손으로 가난한 농민들 농사에 직불금 타가는 저 나라님들의 나랏일 하고는 영 딴 세상입니다.

아직도 덥고 건조한 햇살 아래 마른 짚, 마른 논, 가문 강물, 시들어가는 마른 앞산 나뭇잎, 강변에 삐쩍 마른 풀들과 흰 억새들을 보니 서러워지네요. 뜨거운 햇살 속을 걸어오는 앞 강물처럼 보튼, 까만 어머니를 보고 있자니 눈앞이 흐려옵니다. 오랜 세월 저 메마른 땅 위에 떨어지는 햇살을 몸으로 다 받으며, 거미들처럼 까맣게 몸과 마음을 태우며 농부들은 그렇게들 살았지요.

일상을 존중하다

나는 여태 결혼기념일을 따로 챙겨보지 못했습니다. 결혼한 날은 알고 있지요. 그때가 5공 때였습니다. 고은 선생님께서 주례를 서주셨지요. 지리산을 가셨다가 전주로 오시는 길이라 양복이 없어서 전주의 모 시인 양복을 빌려 입고 주례사로 제 시를 한 편 낭독해주셨습니다. 하객이 엄청 많이 왔었습니다. 그런데 결혼축의금이 다 밥값으로 들어가 버리고 말았지요. 결혼식을 올린 여성회관 근방의 방위 수십 명과 교육청 직원들이 제 결혼식을 방위(?)한 수고로 축의금도 안 내고 밥을 먹어버렸거든요.

결혼한 지가 꽤 되었습니다만, 지금까지 결혼식 날 극장을 간다거나 근사한 데 가서 식사를 한다거나 꽃다발을 '짠' 하고 주어본 적이 없지요. 결혼기념일도 그렇고 아내 생일이나 내 생일에 따로 '식'을 해본 적이 별로 없습니다. 나는 그런 '식'이 정말 쑥스럽습니다. 아내의 생일이 음력으로 열이레 날이라는 것은 알고 있습니다. 어느 날 밤 지리산을 가고 있었는데 한쪽이 약간 기운 달이 높이 떠 있었습니다. 내가 "야, 달 봐라!" 그랬더니 아내가 "가만히 있어봐. 오늘이 내 생일인갑다." 해서 "그래, 거참. 여기서 시방 어떻게 하지?" 하고 달만 보고 만 적이 있습니다.

나는 식을 싫어합니다. 축제도 싫어합니다. 나라의 커다란 기념식에서부터 개인들의 이런저런 식에 이르기까지 식장이란 식장은 될 수 있으면 참석을 안 하려고 합니다. 마지못해 가기는 가도 식장에 도착해서 전할 것만 전하고 얼른 와버릴 때가 많습니다.

살다가 보면 식이 필요하겠지요. 또 바빠서 평소에 다하지 못한 서운한 일들을 어떤 날을 잡아 풀고 심기일전 새 출발하기도 하겠지요. 또 반드시 식을 해야 할 일들도 많습니다. 그러나 대개의 식들이 식을 위한 식이 되는 그런 식들이지요. 새로울 것도 감동도 없는 형식적인 식은 정말 지루하지요. 살아오면서 많은 식을 보았지만 감동적인 식과 '식사 혹은 축사'는 별로 보지 못했습니다. 대통령 취임식에서부터 졸업식도 결혼식도 그렇고, 출판기념회도 그렇고. 그렇게 감동 없는 식을 피하고 지루해하다 보니 사람들로부터 무심하다는 말을 듣기도 하고 처세를 잘 못한다는 말을 듣기도 합니다.

일상을 존중하며 살고 싶습니다. 아이들이 운동장에서 그렇게 펄 펄 뛰어놀다가도 왜, 식을 하며 애국가 부르면 모두 기죽잖아요.

사람들이 일상보다는 무슨 특별한 날이나 이벤트를 좋아하며 살다가 보니, 자잘한 가정 일에서 양심에 '털'이 나버린 일들이 참 많습니다. 아주 가까운 집사람에게 잘한다는 게 무엇을 어떻게 하는 게 잘하는 것인지 각자 인생관이나 가치관 또는 살아온 집안 분위기에 따라 다르겠지만, 나는 아내에게 별로 바라는 게 없습니다. 아내가 이렇게 해주었으면 하는 '바람'이 없지요. 나는 그냥 삽니다. 아내도 나에게 바라는 것이 그리 없는 듯합니다. 이러 저러 해라, 아니면 이렇게 저렇게 해주었으면 좋겠다는 말을 들어본 적이 별로 없는 것 같습니다. 그런 일이 말과 같이 그리 쉽지는 않겠지만, 서로 독립된 인격체로 살 일과 부부로 살 일을 잘 정리하면 살기 편하지요. 평생을 같이 살 사람에게 많은 것을 바라면 이루어지는 것보다 이루어지지 않는 것들이 더 많지요. 날이면 날마다 같이 살다가 보면 상대를 귀찮고 짜증나게 하는 이런저런 아주 사소한 잔소리거리들이 얼마나 많습니까. 욕망과 욕구가 몸과 마음속에 가득 차 있는 젊은 날들은 더 그렇지요. 가정에서는 너무 사소하고 미미한 일들이 많아 그 작고 사소한 일들이 나도 모르게 '기정사실화' 내지 '토착화'되어서 무뎌진 부엌칼 같은 감정들 때문에 생각지 않은 일들이 돌출해 관계를 터덕거리게 하지요.

자기는 가만히 앉아서 텔레비전 보고 놀면서 밥을 하고 있는 아내에게 아무 생각 없이 "여보 신문 어디 있어, 좀 갖다 줘." 아니면 "여보 재떨이 좀. 라이터, 돋보기." 하는 친구들을 더러 봅니다. 요새 젊은 부부들은 관계가 '쿨'해서 그러진 않겠지만 우리 나이 또래들이 대개 그렇지요. 밥을 먹으면서 아내더러 "여보, 국 좀 더 줘"라든가 "여보, 물 좀"이라든가 이런 사소한 잔심부름을 시키지 않고 국도 더 먹고 싶으면 내가 먹을 만큼 떠다가 먹고, 물도 먹고 싶으면 내가 가져다 먹으면 아내가 얼마나 한갓지게 밥을 먹을까요. '미세스 문'이 없는 집안에서 스스로 할 수 있는 자잘한 일들을 스스로 한다면 아내들이 편안하겠지요. 말하자면 일상적인 생활 속에서 아주 사소한 잔일로 한 인간을 존중하고 존경해주는 일은 생활에 평화를 가져다주는 일이 되겠지요.

부부가 차를 타고 가는 모습을 보거나 식당에서 식사를 하는 모습을 보면 정말 답답합니다. 어쩌면 그렇게나 모두 무뚝뚝한 얼굴들인지, 겁이 납니다. 사람들 얼굴이 왜 그리들 '권위주의적'으로 딱딱하게 굳어 보이는지 모르겠습니다. 권위주의는 실은 자기 약점을 감추기 위해 가장하거나 위장한 '뻥'이 대부분이지요. 권위는 저절로 몸과 마음에서 생겨 우러나는 것이니까요. 권위란 여유 있고, 유머러스하고, 부드럽고, 내추럴하고, 엘레강스하고, 뷰티하고, 뭐 그런 자유롭고도 자연스러운 '힘' 아닌가요.

우리 어머니는 늘 "여우하고는 살아도 소하고는 못 산다"고 하십니다. "여보, 저 노을 좀 봐!", "저기 들판 끝에 저 흰 억새 좀 봐!" 하는 한가한 말들로 감동할 필요가 있지요. 세상에는 무엇을 보아도 감동할 줄 모르는 '죽은 나무토막'들이 너무 많지요. 감동은 작고 사소한 것들에게서 옵니다. 크고 거대한 것들은 사람을 놀라게 하지요. 말을 안 해도 그냥 조용하고도 잔잔하게 통하는 사이도 좋겠지요. 그러나 말을 해서 서로 마음을 섞는 사이가 더 좋은 사이라고 나는 생각합니다. 작은 감동이 큰 감동을 불러오거든요. 사소함이 서로에게 큰 힘으로 작용하기도 하지요. 세세함이 든든한 신뢰를 가져오기도 하니까요. 무엇이 좋으면 그 좋은 것은 싫어질 수도 있지요.

사랑 '땜'이 끝나면 끝인 관계가 세상에 얼마나 많고 셌습니까. 힘들여 가꾸고 보살필 사랑이 더 많겠지만, 힘들여 가꿀 필요가 없는 사랑, 바닥이 안 나는 사랑, 낡을수록 좋은 사랑, 그런 사랑은 '그냥 좋은' 사랑뿐입니다. 그냥 좋아야 무엇이 좋은지 모르고 좋아하며 오래오래 살지요. 나는 알게 모르게 서로에게 물드는 가을 풀밭 속의 노란 햇살처럼 소소한 일상을, 그 풀밭 속에 이는 잔바람 같은 작은 감동의 순간들을 가꾸며 살고 싶습니다. 태어났으니 기왕이면 잘 살고 싶지요. 이런 날, 저런 날뿐 아니라 나는 그냥 일상이 편안한 날들이었으면 하는 것이지요. 어느 날 홀로 집에 있을 때 마루 위에 떨어진 해 맑은 햇살을 볼 때처럼 그렇게 잠잠하게요. 그러나 말이 쉽지 노골적으로 '글로벌'하고 '버라이어티'한 우리들의 일상에서 그게 어디 가당키나 한 일인가요.

시골에서 살 때 나는 강 길을 걸어서 직장을 다녔습니다. 봄, 여름, 가을 강가에는 수많은 풀꽃들이 피어나지요. 길을 가다가 예쁜 붓꽃을 본다거나 탐스러운 구절초꽃을 보면 몇 송이 꺾어들고 집에 가지요. 집 가까이 가면 아이들이 나를 향해 뛰어옵니다. 나는 아이들에게 꽃을 주지요. 나에게서 꽃을 받아든 아이는 꽃을 들고 집으로 달려가 아내에게 내가 준 꽃을 안겨줍니다. 부엌문을 열고 꽃을 들고서 있는 사람은 아름답지요.

어느 봄날은 아이가 논두렁에서 자운영꽃을 한줌 꺾어들고 집으로 와서 나를 준 적이 있었습니다. 아이가 커서 중학생이 된 어느 봄날, 학교 길에 있는 개나리꽃 잔가지를 하나 꺾어들고 집으로 와서 "엄마!" 하며 꽃을 주는 것을 본 적이 있습니다. 그 아이는 이따금 그렇게 작은 풀꽃 몇 송이를 들고 집에 오곤 했지요. 나는 그렇게 꽃 주고 꽃 받는 그런 소소한 일상을 가꾸고 존중하며 살고 싶습니다.

아내와 그 여자

가을이면 은행나무 은행잎이 노랗게 물드는 집

해가 저무는 날 먼데서도 내 눈에 가장 먼저 뜨이는 집

생각하면 그리웁고

바라보면 정다웠던 집

어디 갔다가 늦게 집에 가는 밤이면

불빛이, 따뜻한 불빛이 검은 산속에 깜박깜박 살아 있는 집

그 불빛 아래 앉아 수를 놓으며 앉아 있을

그 여자의 까만 머릿결과 어깨를 생각만 해도

손길이 따뜻해져오는 집

살구꽃이 피는 집

봄이면 살구꽃이 하얗게 피었다가

꽃잎이 하얗게 담 너머까지 날리는 집

살구꽃 떨어지는 살구나무 아래로

물을 길어오는 그 여자 물동이 속에

꽃잎이 떨어지면 꽃잎이 일으킨 물결처럼 가닿고 싶은 집

샛노란 은행잎이 지고 나면

그 여자

아버지와 그 여자

큰오빠가

지붕에 올라가

하루 종일 노랗게 지붕을 이는 집

노란 초가집

어쩌다가 열린 대문 사이로 그 여자네 집 마당이 보이고

그 여자가 마당을 왔다 갔다 하며

무슨 일이 있는지 무슨 말인가 잘 알아들을 수 없는 말소리와

옷자락이 대문 틈으로 언뜻언뜻 보이면

그 마당에 들어가서 나도 그 일에 참견하고 싶었던 집

마당에 햇살이 노란 집

저녁연기가 곧게 올라가는 집

뒤 안에 감이 붉게 익는 집

참새떼가 지저귀는 집

보리타작, 콩타작 도리깨가 지붕 위로 보이는 집

눈 오는 집

아침 눈이 하얗게 처마 끝을 지나

마당에 내리고

그 여자가 몸을 웅숭그리고

아직 쓸지 않은 마당을 지나

뒤 안으로 김치를 내러 가다가 "하따, 눈이 참말로 이쁘게도 온
다이이." 하며

눈이 가득 내리는 하늘을 바라보다가

싱그러운 이마와 검은 속눈썹에 걸린 눈을 털며

김칫독을 열 때

하얀 눈송이들이 어두운 김칫독 안으로

하얗게 내리는 집

김칫독에 엎드린 그 여자의 등에

하얀 눈송이들이 하얗게 하얗게 내리는 집

내가 함박눈이 되어 내리고 싶은 집

밤을 새워, 몇 밤을 새워 눈이 내리고

아무도 오가는 이 없는 늦은 밤

그 여자의 방에서만 따뜻한 불빛이 새어나오면

발자국을 숨기며 그 여자네 집 마당을 지나 그 여자의 방 앞

뜰방에 서서 그 여자의 눈 맞은 신을 보며

머리에, 어깨에 쌓인 눈을 털고

가만가만 내리는 눈송이들도 들리지 않는 목소리로

가만 가만히 그 여자를 부르고 싶은 집

그

여

자

네 집

어느 날인가

그 어느 날인가 못밥을 머리에 이고 가다가 나와 딱 마주쳤을 때

"어머나" 깜짝 놀라며 뚝 멈추어 서서 두 눈을 똥그랗게 뜨고

나를 쳐다보며 반가움을 하나도 감추지 않고

환하게, 들판에 고봉으로 담아놓은 쌀밥같이,

화아안하게 하얀 이를 다 드러내며 웃던 그

여자 함박꽃 같던 그

여자

그 여자가 꽃 같은 열아홉까지 살던 집
우리 동네 바로 윗동네 가운데 고샅 첫 집
내가 밖에서 집으로 갈 때
차에서 내리면 제일 먼저 눈길이 가는 집
그 집 앞을 다 지나도록 그 여자 모습이 보이지 않으면
저절로 발걸음이 느려지는 그 여자네 집
지금은 아, 지금은 이 세상에 없는 집
내 마음속에 지어진 집
눈감으면 살구꽃이 바람에 하얗게 날리는 집
눈 내리고, 아, 눈이, 살구나무 실가지 사이로
목화송이 같은 눈이 사흘이나
내리던 집
그 여자네 집
언제나 그 어느 때나 내 마음이 먼저
가
있던 집
그
여자네

집

생각하면, 생각하면 생. 각. 을. 하. 면……

'그 여자네 집' 이야기를 또 하게 되네요. 〈그 여자네 집〉이라는 시는 아직도 현재 진행형인가 봐요. 시 〈그 여자네 집〉 주인공이 살던 '그 여자네 집'은 내가 평생을 다니던 덕치초등학교와 우리 집 중간에 있습니다. 내 일생을 담고 있는 덕치초등학교 2학년 교실에서 유리창 밖으로 고개를 조금만 돌리면 작은 시내와 작은 들 건너 산자락 아래 자리 잡은 동네 속에 있는 그 여자네 집이 보입니다. 어느 날 아내가 내 교실로 놀러왔기에 "여보, 여기서도 그 여자네 집이 보이네." 했더니, "저 유리창에 썬팅을 해버려야지." 하대요. 살구꽃이 핀 어느 봄날 아내와 함께 그 여자네 집 앞을 지날 때 내가 "여보, 그 여자네 집 살구꽃은 지금 봐도 곱지이?" 했더니, 아내가 "저 썩을 놈의 살구나무를 콱 베어버려야지." 하면서 차를 씽~하고 몰아버리데요.

오늘 그 여자 이야기를 새로 하게 되었습니다. 오늘 그 여자를 만났거든요. 세상에, 그 여자가 내가 지나다니는 그 길가에 있는 그 옛날 그 감나무에서 감을 따고 있었습니다. 감을 따려고 높고 파란 하늘로 고개 쳐든 모습이 깜박, 옛날 그 모습이었지요. 하도 반가워 차창을 열고 그 여자에게 인사를 했지요.

"아, 안녕하세요?"

그 여자도 나를 얼른 알아보고 감을 따던 대나무 장대를 감나무 가지에 기대놓은 채 "집에 가요?" 하데요. "시방도 여그서 다녀?" 하면서요. 하늘이 파랗게 아름다웠습니다. 그 여자 옆에는 나이가 들어 보이는 아저씨가 한 분 서 있데요. 세상에, 그 여자 남편인가 봐요. 내가 "안녕하세요." 했더니 그 남자도 나에게 인사를 하데요. 사람 좋게 늘어가는 남자였습니다. 그 남자 옆에 대여섯쯤 되어 보이는 남자아이가 있어서 "손잔가 봐?" 그랬더니 "큰손자." 하데요. 들판은 텅 비었습니다. 햇살은 곱지요. 마른 풀들, 곱게 피어 있는 산국, 먼 들 끝에 강물, 그리고 싱싱한 배추밭과 파란 하늘에 매달린 붉은 감들, "나 갈게. 안녕히 계세요." 하고 그 여자와 그 여자 남편에게 인사를 했지요.

아내에게 전화를 했습니다. "여보, 그 여자가 그 여자네 감나무에서 감을 따네." 그랬더니, "왜 하필이면 오늘 감을 따?" 하데요.

지난 추석 때도 그 여자를 보았습니다. 우리 차와 마주오는 차가 좁은 길에서 잠깐 비키며 멈추었는데 옆 차 안에 있던 여자들이 "야, 용택이 오빠다." 하며 창문을 열고 호들갑을 떨어대며 나를 부르데요. 그리고는 차 뒷좌석에 앉아 있는 여자에게 "언니, 용택이 오빠야, 용택이 오빠." 하길래 나는 자연스럽게 뒷좌석 여자를 바라보았지요. 그 여자였습니다. 자세히 보니 '그 여자' 얼굴에서 '그 여자' 그림자가 가을 햇살 속 감나무 실가지 그늘처럼 스쳐 지나갔습니다. 나는 얼른 아내더러 "여보, 그 여자야. 서로 인사해." 했더니 아내가 차에서 내려 그 여자에게 "안녕하세요. 제가 김용택 선생 안사람이에요. 얼굴이 참 곱네요." 하니, 그 여자가 빙긋 웃데요.

서로 헤어져가다가 안사람이 "참 안심이 되네요." 하데요. 내가 왜?, 그랬더니 "그 여자가 곱게 늙은 걸 보니, 잘사나 봐요." 합디다. 잘사는지 못 사는지 모르겠지만 얼굴이 환한 걸 보니 그런대로 잘살아 보였습니다.

봄이면 살구꽃이 곱게 피던 그 여자네 집은 지금 빈집입니다. 그 빈집에 은행나무 잎이 노랗게 지고 있습니다. 초가지붕 위에 그 여자 오빠와 그 여자 아버님이 노랗게 지붕을 이던 그때 그 모습이 눈에 아른거립니다. 자꾸 아른거리네요. 늙는다는 것이 편해서 아름답기도 하네요.

개념

학교가 끝나고
참새 집을 보았다.
참새 집을 보았을 땐
나뭇잎이 떨어졌다.
나뭇잎이 떨어졌을 땐
바람이 불어
오른쪽으로 날아갔다.
재미있었다.

- 2학년 문성민의 시 〈참새 집을 보았다〉 전문

성민이는 우리 동네 사는 아이입니다. 2학년 때 우리 반이었지요. 이 동시는 2007년 대통령 선거 직전에 쓴 시입니다. 이 시를 보며 나는 이 녀석이 우리 정치가 '우'쪽으로 갈 줄 알았나, 하는 생각을 하며 혼자 피식 웃기도 합니다. 그러나 이 시는 그런 정치적인 '불순한 의도'하고는 아무 상관이 없다는 게 내 '개인적인' 생각입니다. (정치를 하는 사람이든 어떤 사회적인 지위에 있는 사람이든 아니면 개인이든 대화 중에 이 "개인적으로는 이렇게 생각한다." 라는 말을 너무도 많이 쓰고 있습니다. "내가 '개인적'으로 생각하기에." 아주 책임이 막중한 말인데도 아주 무책임한 책임회피용으로 이 말들을 쓰고 있는 것 같습니다.)

아무튼 성민이가 학교를 오가는 길은 내가 50년 전 초등학교 때 오가던 길이기도 합니다. 학교에서 집까지 가는 데는 한 40분쯤 걸리지요. 40분쯤 걸린다고는 하지만 특별한 날을 빼고 40분 만에 집에 도착하는 아이들은 별로 없었습니다. 특별한 날이라는 게 우산도 없이 집에 가다가 비를 만났을 때나, 아니면 집에 무슨 급한 일이 있을 때나, 집에 갈 즈음 동네 친구하고 다투었거나, 아무튼 이런저런 일이 안 일어나면 아이들이 집으로 순수하게 마구 달려간 적이 별로 없었습니다. 학교 길은 아이들이 한눈팔지 않고 집으로 곧장 달려가도록 가만히 놓아두질 않았지요.

2학년 아이들에게 글쓰기를 가르친다는 것은 심히 어려운 일이 아닐 수 없습니다. 2학년 아이들에겐 우리 인류가 살아오면서 만들어낸 모든 정치적인, 경제적인, 사회적인, 문학예술적인, 종교적인 언어들이 그리 소용이 닿지 않습니다. 그런 아이들에게 글쓰기뿐 아니라 교육을 한다는 게 여간 힘드는 일이 아닙니다.

'개념 없는 놈'이란 말을 많이 쓰지요. 어떤 일이나 어떤 사건이나 사고에 대해 아무리 설명을 해도 그 '어떤 것'을 손에 잡지 못하고 긴가민가 멀뚱하게 헤매는 사람에게 사람들은 이 말을 사용하지요. 말 그대로 초등학교 2학년 아이들은 그렇게 개념이 아직 덜 섰지요. 개념이란 논리일 터인데, 개념 없는 어른은 좀 거시기 하지만 아이들이야 개념이 없어야지요. 지나치게 개념을 가진 아이들을 우린 또 "그 녀석 어른스럽다"고도 하지요.

2학년 2학기 읽기 교과서 끝 단원쯤에 '풍년 고드름'이라는 단원이 나옵니다. 어느 해 나는 이 단원을 시작하면서 우리 반 아이들에게(나는 한 26년쯤 2학년 아이들하고만 놀았는데, 그래서 그런지 어쩔 때는 2학년 수준의 사고와 행동을 할 때가 더러 있습니다. 학생 수도 많으면 열 명 이쪽저쪽이었지요. 어떤 해는 세 명을 가르칠 때도 있었습니다. 세 명을 가르칠 때가 가장 편했습니다. 달리기를 해도 꼴등이 3등일 수밖에 없고 공부를 잘 못 가르쳐도 꼴등이 3등이었으니까요. 아이가 학급에서 3등인데 선생에게 뭐라고 할 학부형이 없지요. 등수에 기를 쓰는 우리나라 교육 현실을 놓고 보면 참 편하기만 한 학급 학생 수였지요.) 고드름에 대해 물었습니다.

재석: 집 처마 밑에 매달려 얼음이 된 것.

다해: 집 아래 거기 그렇게 내려오는 거기에 눈이 녹아서 내려가 잖아요. 바람이 불어서 얼은 것.

지현: 집에서요. 물방울이 똑똑 내려가면서, 물방울하고 눈이 뭉 쳐서 기다랗게 만들어진 것.

해인: 지붕 물이 흐르다가 그 찬바람하고 그 눈이 뭉쳐서 얼은 것.

이 아이들 생각이 다 맞지요. 참 신기해요.

삶은 늘 이렇게 모두들 힘을 합쳐 정답에 이르기 위한 행위 아닌 가요. 하나의 정답만을 강요해서 한 줄로 나란히 줄을 세우는 이 나 라 교육제도에 나는 넌덜머리를 내며 살았지요. 세상에 이런 나라가 또 어디에 있는지 나는 잘 모르겠습니다. 정답이 하나밖에 없는 이 런 획일적인 주입식 교육 구조 속에서 어찌 창조적인 인간이 육성되 겠습니까. 시키는 일을 무지무지 잘하는 '영혼 없는 인간'을 기르는 게 우리 교육현실이지요.

글을 쓰는 방법이나 기술을 가르칠 수가 없는 '개념' 안 잡히는 이 어린아이들에게 나는 늘 보는 법을 가르칩니다. 보게 하는 것이지 요. 비가 오면 비를 보게 하고, 눈이 오면 눈을 보게 하고, 새가 날면 새를 보게 하고, 딱따구리가 나무를 쪼는 소리가 들리면 그 소리에 귀를 기울이게 합니다. 꽃이 피었다가 지는 사이 꽃나무 아래에서 꽃과 함께 놀게 하는 것이지요. 꽃잎이 날리는 봄날, 꽃잎을 쫓으며 노는 아이들을 바라보신 적이 혹 있는지 모르겠습니다. 황홀하고 찬란하지요. 그렇게 꽃잎이 날리는 꽃나무 아래에서 놀게 하고, 글을 쓰게 하고, 그림을 그리게 합니다. 모든 창조는 자연에서 가져오지요. 자연을 자세히 보아야 생각이 나지요. 우리가 사는 세상은 모두 생각으로 만들어졌습니다. 생각을 키우고 넓혀 그것을 창조적인 힘으로 바꾸는 것이 교육입니다.

초등학교 아이들에게 글로벌을 외치며 교실 속에 가두고 시험 선수를 만들고 있는 우리 교육현실을 볼 때 나는 겁이 납니다. 국가의 힘이 점수의 힘이 아니라 진정한 교육의 힘이라는 것을 우리는 지금 잊고 삽니다. 많은 선진국들의 교육 방법하고는 정반대로 가고 있는 이 시험인간 육성 교육현실을 보며 나는 정말로 우리의 앞날이 걱정입니다.

2학년 아이들이 학교에 오가는 길은 논두렁길이나 마찬가집니다. 봄이 되면 농부들이 못자리를 해놓지요. 아이들이 날마다 그 못자리 곁을 지나 학교를 오갑니다. 어느 날 아이들에게 모를 물어보았지요. 그런데 아이들이 모를 몰랐어요. 모를 모르길래 처음에는 에이, 하며 장난인 줄 알았지만 참말로 모를 몰랐습니다. 모를 모를뿐더러 "모를 논에다가 심냐, 밭에다가 심냐?" 하고 물었더니 아이들이 멀뚱멀뚱 하더라고요. 그래서 "야, 논이야, 밭이야?" 했더니 한

아이가 희미한 표정으로 "논인가?" 하더라고요. 내가 어떤가 보려고 "뭐?" 하고 큰소리를 했더니, "그러면 밭." 하더라고요.

그래요 논과 밭과 모를 몰라도 되지요. 시골 아이들도 이제 일하고는 아주 남이 되어 살지요. 아이들이 논밭에 들어갈 일이 없습니다. 내가 말하고자 하는 것은 모를 모른다는 게 문제가 아니라, 우리가 사는 주위의 사물들을 보지 않는다는 것입니다. 아니, 보기는 보지요. 보기는 보지만 자세히 보지 않는다는 것입니다. 아이들뿐 아니라 이 땅에 사는 모든 사람들이 우리가 사는 세상을 자세히 보지 않는다는 것이지요. 자세히 보아야 그것이 무엇인지 제대로 알고, 어떻게 생겼는지를 알아야 그것에 대한 애정과 사랑이 싹트지요. 그리고 제대로 된 말을 할 수 있지요. 수단과 방법을 가리지 않고 돈을 모으고 영혼을 팔아서라도 출세만을 위해 살아온 우리들의 눈이, 참새 집을 보고, 그때 나뭇잎이 떨어지고 바람이 불고 나뭇잎이 오른쪽으로 날아가는 것을 보며 재미있었다고 하는 그 '재미'를 알 리가 없지요.

찬바람이 불고 춥네요. 성민이가 바라본 나무의 나뭇잎도 다 떨어졌습니다. 몸이 움츠러듭니다. 한 계절의 모퉁이는 늘 스산하기 마련인데 올해는 이래저래 국내외적으로 더 심난하고 불안하기만 합니다. 마음을 추스려봅니다. 다시 한 번, 작고 못난 나를, 무엇 때문에 왜 이리 힘들어 죽겠다고 죽는 소리만 하며 사는지, 무엇이 진정

우리를 이렇게 힘들게 하는지, 성민이의 나무를 다시 한 번 올려다 봅니다.

칡넝쿨이 지붕을 넘어와요

우리나라 마을의 생김새들을 보면 마을 뒤에 산이 있습니다. 산이 없는 지역도 마을 뒤를 돌아보면 멀리 산이 있지요. 마을이 산에 등을 기댄 모습입니다. 잘생긴 마을을 보면 뒷산은 높고 앞산은 멀리 낮습니다. 앞산이 멀리 낮아야 들이 넓고, 들이 넓어야 먹을 것이 풍족해서 사람들 마음이 너그럽지요.

그러나 우리 마을은 앞산이 너무 코앞에 바짝 있고 높아 처음엔 동네일들이 잘 되다가도 나중에 유야무야 용두사미가 된답니다. 뒷심이 약하고 무르다는 말입니다. 마을에 논과 밭을 만들 만한 공간이 적어 깊은 골짜기에 논을 만들고 비탈진 산을 파서 밭을 만들었지요. 어느 마을이든 마을 옆이나 앞으로는 강이 있거나, 시냇물이 있거나, 아니면 작은 도랑물이라도 흐르지요. 산이 있어 골짜기가 있고, 골짜기가 있으면 물이 모여 흐르기 마련이어서, 산에서 물이 흘러내려 그렇게 도랑과 시내와 강을 만들지요.

앞산과 뒷산 사이가 좁아 진메 마을은 답답해 보입니다. 좁은 계곡 사이로 강물이 흘러 답답한 숨통을 멀리 터주고 있기 망정이지, 안 그러면 정말 숨 막혀 못 살 것 같습니다. 마을이 생길 만한 곳이 아닌데 마을이 생긴 것을 보면 무엇인가 다급한 상황 속에서 마을이 형성되었음을 짐작할 수 있습니다. 섬진강 상류지역의 마을들이 우리 동네와 비슷한, 옹색한 지형에 마을이 만들어졌는데 모두 임진왜란 때 피난을 다니다가 정착한 마을들이랍니다. 산속의 마을들이 대개 집성촌이지요.

우리 덕치면도 마을마다 성씨들이 각기 다른데 어떤 마을은 박 씨가 많고 어떤 마을은 전 씨가 많고 어떤 마을은 양 씨, 조 씨 이런 식입니다. 우리 동네는 양 씨, 문 씨, 김 씨로 구성되어 있지요. 동네 어른들의 말에 의하면 우리 마을이 생긴 지 한 500년쯤 되었다고 합니다. 그러니 임진왜란 때가 분명합니다. 피난지였지요. 섬진강 강마을에는 마을마다 큰 느티나무들이 있는데 그중에서도 특히 큰 느티나무들은 한 500년쯤 된 게 많습니다. 그 마을의 나이와 비슷하지요. 우리 동네에도 마을 뒤에 큰 당산나무가 한 그루 있는데 한 500년쯤 되었다고 합니다.

사람들이 마을을 만들어 곳곳의 이름들을 지었습니다. 큰골, 작은 골, 홍두께 날 망, 우골, 평밭, 삼밭골, 무당밭골, 절굴, 달 바위, 두루 바위, 벼락바위, 자라바위, 노덧거리, 쏘가리 방죽, 다슬기 방죽 등 동네 곳곳의 생김새를 따라 이름을 붙였지요. 어느 마을을 가든 대 개 비슷비슷한 동네 지명들이 많지요. 사람들의 생각들이 비슷하다 는 것을 알 수 있습니다.

우리 마을 이름은 앞산이 길어서 '긴 뫼'입니다. 사람들이 '긴 뫼' 발음을 하다 보니 진메가 되었고, 일제시대 행정구역을 정리할 때 마을 이름이 긴장, 뫼산, 마을리, 장산리가 되었습니다. 마을이 번성 할 때는 가구 수가 38가구까지 불어났지요. 집 앞이 작은 논과 밭이 고 강물이기 때문에 마을이 커지려면 뒷산을 타고 올라가야 했습니 다. 그래서 마을이 번성할 때는 뒷산을 허물어 집들을 지었지요. 윤 환이네, 동환이 아저씨네, 아롱이 아저씨네 집들이 한때 뒷산으로 올라가던 집들이었습니다. 지금은 다 산이 되어버려 그 흔적도 찾 기 힘듭니다. 비가 묻어오는 우골이라는 골짜기에도 사람들이 살았 지요. 창호지를 만드는 공장이 그곳에 몇 집 있었지요. 마을이 융성 할 땐 동네에 팽팽한 기운이 넘치고 활기찼지요. 헐벗고 가난하게 살았지만 그들의 나라는 '사람들'의 나라였습니다.

마을은 스스로 작은 공화국이었습니다. 법이 없어도 그들 스스로 살아온 전통과, 인간이 지켜야 할 도리와, 일상생활의 경우를 따져 사람들이 모여 살면서 일어나는 크고 작은 인간사들을 잘 정리하고, 농사지으면서 생겨나는 크고 작은 갈등들을 풀고 다듬어 마을의 평화를 유지시켰지요. 내가 기억하건데, 우리 마을에서 마을 사람들끼리 법을 들이댄 '사건'을 보지 못했습니다. 오래된 마을들만이 가질 수 있는 나름의 규제와 자율로 마을은 인간 본래의 선과 악을 조절하며 오래오래 지속되어왔지요. 그 속에서 사람들은 같이 먹고 같이 놀고 같이 일하는 농촌공동체 문화를 자연스럽게 가꾸었습니다. 작은 마을의 아름다운 공동운명체는 그렇게 오래 다듬어지고 오래 지속되었지요. 사람들이 많이 사용하는 '오래된 미래'란 바로 이런 마을을 두고 한 말일 것입니다.

잘 알다시피, 산업화는 바로 농촌인구의 도시 집중으로 이어졌고 마을은 순식간에 비어갔습니다. 자본이 들어오면서 사람들은 빠져나갔습니다. 수천 수백 년 동안 지속되어온 마을들이 순식간에 붕괴되었지요. 생각해보면 불과 50여 년 전 일입니다. 농민정책은 농민들을 깊고 캄캄한 수렁 속으로 몰아넣었습니다. 집이 비어가고 논밭이 죽어갔습니다.

한때 초등학교 학생 수가 30명에 육박했던 우리 마을에 지금은 모두 15가구 30명 내외가 삽니다. 한수 형님네 세 식구, 당숙모, 종길이 아제네 두 식구, 우리 어머니, 만조 형님네 내외, 동환이 아저씨네 세 식구, 재구네 어머니, 종만이 어른 내외, 태환이 형수씨, 담배 집 할머니, 종호 어머니, 재호네 다섯 식구, 송세완 아저씨네 두 식구, 성민이네 두 식구, 이장네 두 식구. 이게 우리 마을의 인구입니다. 나머지 집들은 풀들이 자라거나 채소가 자라는 빈 집터거나, 서까래가 부러지고 기둥이 주저앉고 흙벽이 무너진 빈집들입니다. 멀쩡하던 산골의 집들이 허물어지고, 반듯하게 가꾸어지던 논과 밭이 산이 되어버리는 모습들을 보며 나는 살았습니다.

우리 동네에서 가장 높은 집은 윤환이네 집이었습니다. 윤환이는 내 동창이지요. 우리 동네에서 가장 늦게 이사를 간 친굽니다. 정말 전통적으로 농사를 짓던 농부였습니다. 그가 베어놓은 논두렁 위로 솟은 벼는 정말 멋들어졌습니다. 그가 바제기 가득 풀을 베어 짊어지고 아침 안개 속을 느릿느릿 걸어오는 모습은 오래된 우리 농부의 모습이었지요. 느리고 더디고 오래 기다릴 줄 아는 농부의 표정과 말씨와 행동이 몸에 밴 정다운 농부였습니다. 그 친구가 이사를 가고 집이 무너지기 시작하자 그 집을 허물어버렸습니다. 그 집터는 지금 밭이 되었습니다.

윤환이네 집 옆에 조금 낮은 곳에 순창 할머니 집이 있지요. 단정한 세 칸 집입니다. 순창 할머니가 돌아가시자 빈집이 되었습니다. 그 빈집은 높은 곳에 있어서 동네 앞을 지나다니면 부엌을 드나들던 흰 저고리 검정치마를 입은 영자 누님의 모습이 또렷이 보였었지요.

올 여름 나는 동네 앞 강변 길을 어슬렁거리고 있었습니다. 동네를 바라보다가 순창 할머니 집에 눈길이 갔습니다. 아이구메! 나는 그만 기겁을 하고 말았습니다. 방문과 부엌문이 떨어져나가고 서까래가 부러지고 벽이 허물어져가는 순창 할머니의 시커먼 집 지붕 너머로 칡넝쿨이 넘어오고 있었던 것입니다. 칡넝쿨은 부엌쪽과 작은방쪽, 두 줄기였습니다. 무서웠습니다. 세상에 사람이 살았던 집 지붕 너머로 검푸른 칡넝쿨이 지붕을 타고 넘어오다니, 나는 등골이 오싹하는 한기를 느꼈지요. 정말 무서웠어요. 나는 집으로 달려가 아내와 어머니에게 순창 할매 집 지붕 위로 칡넝쿨이 넘어온다고 고함을 질렀습니다.

산이 눈을 뜨다

우리 집은 동네 중간쯤에 있습니다. 내가 초등학교 때 지은 집이지요. 전쟁이 끝나고 고향으로 돌아온 아버님은 초가삼간 집을 짓고 살면서 새로 지을 집 나무들을 산에 베어두었다가 말린 후 집으로 가져왔습니다. 산에서 베어낸 기둥감이며 서까래감이며 중방감들을 골짜기 아래로 굴려 쌓아놓았다가 큰 비가 와서 골짜기 물이 불면 나무들을 물에 띄워 마을로 떠내려 보냈지요. 그렇게 한 개 두 개 모아놓은 나무로 집을 짓기 시작했습니다. 집을 지을 때 목수 두 분이 오셨습니다. 마당에다가 나무들을 널어놓고 목수들은 이리저리 뒤적거려 앞기둥감을, 뒷 기둥감을, 중방감을, 개보감을 차례차례 다듬어갔습니다. 기둥을 나무의 이쪽 면이 앞으로 오게 세울까 저쪽 면을 뒤로 가게 세울까 이 나무 저 나무들을 이리저리 고르고, 고누고, 먹줄을 튕겨 다듬고, 구멍을 뚫고, 깎아내고 썰어냈습니다. 나무 하나를 놓고 이리 뒤적, 저리 뒤적 뒤적이며 생각에 빠진 목수들의 깊은 얼굴을 나는 잊을 수 없습니다. 마당에는 동네 사람들이 모닥불 가에 앉아 목수의 연장으로 자기 집에 쓸 구유도 만들고 지게도 만들고 여물바가지도 만들었습니다. 그러다가 목수가 "어이, 남의 연장 가지고 자기 일만 하지 말고 이리 와봐. 이 나무 좀 들어. 이쪽으로 옮기게." 하면 나무를 들어 옮겨주었습니다. 기둥을 세울 때는 집 앞을 지나가던 사람들까지 달려들었습니다. 하얗게 깎아진 나무들이 쌓여 있고, 여기저기 하얀 대패 밥과 목침 같은 나무토막들이 널려 있는 마당은 아름다웠습니다. 하얀 기둥이 다 세워지고 하얀 서까래가 얹혀진 후 동네 사람들이 모두 모여들어 지붕에 흙을 얹고 벽을 붙였습니다. 나래가 이어지고, 구들을 놓고, 굴뚝으로 연기가 올라갔습니다.

이사를 드는 날 동네 사람들이 마당을 밟으며 밤새워 굿치고 놀았습니다. 집을 다 짓는 동안 나는 목수들이 도면을 보는 것을 보지 못했습니다. 우리 집은 도면 없이 지어진 네 칸 홑집입니다. 해와 달과 바람과 비와 새와 작은 벌레들과 동네 사람들의 손이 모아진 이 집은 풀과 나무와 흙으로 지어진 집입니다. 아버님은 자기가 지은 집에서 살다가 자기가 지은 집 방에서 돌아가셨습니다. 전설 같은 이야기지요.

내 방은 창호지 문입니다. 방문을 열면 앞강과 앞산이 보입니다. 해 저문 강물 속에서 고기들이 하루살이를 차 먹기 위해 물을 차며 하얗게 뛰는 모습이 보입니다. 앞산에서 꽃이 피고, 새 잎이 피고, 꾀꼬리가 날며 울고, 아버지들이 보리를 갈기 위해 쟁기질을 하고, 어머니들이 밭 매고, 비가 오고, 눈이 내려 강물로 사라지는 모습들이 훤히 보입니다. 지금도 책이 한쪽 문만 가리고 있고 다섯 쪽 문은 환하게 햇살을 받아들입니다. 방에는 1980년대에서 1990년대 초까지의 책들이 그때 그대로 잘 보관되어 있습니다. 내 방처럼 1980년대 그 시절 그 책들이 그대로 쌓여 있는 방도 아마 드물 것입니다.

내가 책을 보기 시작한 것은 선생이 되어서입니다. 아주 작은 분교에서 나는 선생을 시작했습니다. 차에서 내려 한 시간쯤 걸어가야 하는 곳에 학교가 있었습니다. 어느 날 월부장수가 책을 팔러 왔습니다. 월부 책장수는 도스토예프스키 전집을 나에게 권했습니다. 처음으로 내 돈 주고 책을 샀습니다. 책 속에는 수많은 사람들과 수많은 사건과 수많은 생각들로 가득 차 있었습니다. 겨울 방학 내내 나는 그 책들을 읽었습니다. 밖엔 눈이 왔지요. 달빛이 내 방안을 찾아들었고, 창호지 문에 햇살이 눈부셨습니다. 집에 있을 때는 밥을 먹는 일과 화장실 가는 일만 빼고 나는 책에다가 코를 박고 살았습니다. 책을 읽다가 밖에 나가면 바람이 불었지요. 날이 좋으면 동네 친구들과 산으로 나무를 갔고, 눈이 사나흘 오다가 그치면 눈 그친 하루 후에 산으로 토끼를 잡으러 가기도 했습니다. 토끼를 몰며 우린 눈부신 산을 헤맸지요. 그리고는 밤을 새워 책을 읽었습니다.

책을 다 읽고 방학이 끝나자 나는 작은 들을 걸어 학교에 갔습니다. 홀로 걷는 들길의 내 발걸음은 방학 전과 달랐지요. 가슴속에 그 무엇인가가 출렁였습니다. 산을, 강을, 들을, 나무와 발밑 땅을 새로 둘러보았습니다.

방학이 되면 전주로 가서 헌책들을 샀지요. 커다란 가방을 가지고 전주로 간 나는 헌책방들을 뒤져 오래된 문학잡지들을 샀습니다. 커다란 가방 가득 책을 사서 차에 싣고 시골 정류소에 내려 미리 가져다놓은 지게에다가 책을 짊어지고 집으로 가서 방에 쏟았습니다. 가방 속에서 책들이 우루루 방으로 쏟아질 때, 그 가슴 벅차던 때를 나는 잊지 못합니다.

나는 방학 동안 그 책들 속에 파묻혀 지냈습니다. 〈뿌리 깊은 나무〉도 〈창작과 비평〉도 〈문학과 지성〉도 〈계간미술〉도 그렇게 헌책을 사서 읽었습니다. 책은 달고 쓰고 맵고 시고 떫었지요. 머릿속이 환해지다가 캄캄해지고, 그 끝에서 다시 불빛이 살아나며 세상이 환해졌지요. 실낱같이 생각들이 이어지고 먹구름 같은 고민들이 몰려와 잠을 잘 수가 없었지요. 방안을 찾아든 달빛을 견디지 못했고, 빗방울 소리에 괴로워했고, 앞산을 훑고 지나가는 밤바람 소리에 잠자리를 뒤척였습니다. 산그늘 속의 풀꽃들이 너무 아름다워 괴로웠고,

깊은 밤 소쩍새 울음소리 때문에 앞강에 나가 강물을 보며 오래도록 서 있었습니다. 홀로 저문 강변을 헤매다가 물소리를 따라다니기도 하고, 때로 바위 뒤에 앉아 물소리에 기대어 놀았지요. 풀씨들이 옷에 달라붙었습니다.

새벽까지 잠 못 들고 뒤척이다 보면 서서히 방이 식어갔습니다. 몸을 웅숭그리기 시작하면 아버님이 쇠죽을 끓이러 나오셨습니다. 불길이 방 안으로 홀홀홀 들어오고, 창호지 문에 비친 불빛이 따사로웠습니다. 타닥타닥 나뭇가지 타는 소리가 들리고 등이 따뜻해져 오면 나는 흥건한 잠 속으로 빠져들었지요.

책이 한쪽 벽을 메우고 또 다른 쪽 벽을 가득 메워갔지요. 책은 나를 들여다보게 했고 마을과 내가 사는 세상을 자세히 들여다보게 했지요. 생각이 자라났습니다. 생각이 깊어졌지요. 아! 얼마나 많은 밤들이 하얗게 밝았던지요. 꿈에서도 생각이 일어나기 때문에 나는 머리맡에 연필과 흰 종이를 두고 자다가 퍼뜩 정신이 들어 달빛으로 글 구절들을 써놓고 잠들었습니다. 밤을 새워 책을 읽고 아침에 일어나 마루에 내려서면 코피가 뜰방 시멘트 바닥에 툭툭 떨어질 때도 있었습니다.

그러던 어느 날부터 나는 산과 강물과 소쩍새 소리와 저문 날의 풀꽃들이, 내 방안에서 서서히 빠져나가는 것을 느꼈습니다. 드디어 꽃이 꽃으로, 소쩍새 소리가 소쩍새 소리로 돌아갔습니다. 모로 누위 눈 위에 눈 오는 소리를 가만히 듣기도 했지요. 그럴 땐 마음이 환히 개이기도 했지요. 화해의 편한 잠자리가 찾아오고 평화와 자유와 그리고 사랑이 나를 찾아왔습니다.

어느 날 밤 나는 내 방에 불을 켜놓은 채 그 방에서 나왔습니다. 그리고 강가에 나가 불 밝혀진 내 방을 바라보았습니다. 내 방은 산의 눈이 되어 있었습니다. 산이 눈을 뜨고 있는 것처럼 보였지요. 그 불빛이 강물에 어리고 있었습니다.

4남 2녀, 우리 형제들도 이 집에서 장성하여 제 살길을 찾아 흩어졌습니다. 내 아내도 이 집으로 왔고, 이 방에서 아들 하나와 딸을 얻어 길렀습니다. 강 바람소리가 들립니다. 이불을 깔고 누웠습니다. 등이 따뜻합니다.

이따금 잡화 장수들의 앰프 소리가 들립니다. 라면, 비누, 화장지, 닭, 달걀 등을 판다고 합니다. 마을을 떠난 내 동생이, 내 조카가, 내 이웃의 친구 아들이, 내가 모르는 동네를 저렇게 돌아다니고 있는지 모른다는 생각이 나서 문을 열고 나갑니다. 허름한 포장을 친 1톤 타이탄 트럭이 저만큼 동네를 벗어납니다. 겨울바람 속으로 앰프 소리가 흩어집니다. 방문을 닫고 도로 눕습니다. 겨울 햇살이 창호지 문에 가득합니다. 터진 창호지 문틈으로 햇살 한줌이 방바닥에 떨어져 있습니다. 햇살 속으로 가만히 손을 들이밉니다.

이 방에서 나는 오래도록 혼자였습니다.

꽃만 피면 뭐 한다냐

어젯밤에 처음 소쩍새가 울었습니다. 소쩍새가 처음 울 때마다 어머님은 내일 아침 측간에 가서 '큰 것' 응아할 때 '아, 어제 저녁에 처음 소쩍새가 울었지.' 하고 기억하는 사람은 머리가 영리한 사람이고, 그 해에는 재수가 좋다는 말씀을 하시곤 했습니다. 그러나 나는 한 번도 그렇게 그 자리에서 그 기억을 떠올리지 못하고 늘 측간 문을 나서며 '아차!' 하곤 했습니다.

처음 우는 소쩍새 소리를 들으면 나는 늘 잠을 이루지 못하고 뒤척입니다. 소쩍새 소리를 처음 들을 때는 정말로 생각이 많아집니다. 결혼 전 혼자 있을 때는 내 여자가 없어서, 너무 봄밤이 외로워서 잠을 이루지 못했고, 글을 쓸 때는 써지지 않은 글들이 어찌나 머릿속을 헤매고 돌아다니던지 불을 켰다 껐다, 일어났다 누웠다 하며 잠을 설쳤습니다. 어제 저녁은 참으로 잠을 이룰 수가 없는 봄밤이었습니다. 내가 사는 우리 마을 풍경이 내일 아침이면 엄청나게 달라져 있을 것이라는 생각이 나를 잠 못 들게 했습니다. 내게 한미자유무역협정 타결은 공포입니다.

　내가 기억하는 모든 농촌, 농민, 농업 정책은 어느 것 하나 성공한 것이 없었습니다. 모든 농촌, 농민 정책은 늘 농민들을 파산의 고통으로 몰아갔고, 그 고통은 고스란히 농민들의 몫이 되었습니다. 새마을사업이 시작되면서 논은 묵어가고 마을은 텅텅 비어갔습니다. 돌아오는 농촌을 만든다고 외칠 때마다 농민들의 한숨 소리는 높아만 갔습니다. 동네 곳곳에 늘어나는 빈 집터와 흉물스럽게 쓰러져가고 허물어지는 집 앞을 지날 때마다 내 가슴은 미어졌습니다.

　이게 나라입니까. 나라는 농민들이 기댈 언덕을 늘 허물어버렸지요. 소를 키우라고 해서 소를 키우면 틀림없이 망했습니다. 돼지를 키우라고 해서 돼지를 키우면 틀림없이 망했지요. 나라에서 하라는 대로 하면 틀림없이 망해도 농민들은 나라의 말을 잘도 들었습니다. 이제 농민들은 더 이상 물러날 곳이 없게 되었습니다. 벼랑 아래로 떨어지는 수밖에 없게 되었습니다. 이제 나라가 절벽의 난간에 서 있는 농민들을 벼랑 아래로 밀어버리고 있습니다. 농촌과 농업과 농민이 망하면서 우리 경제는 일어섰습니다. 한쪽이 망한 대신 한쪽이 성한 나라는 온전한 나라가 아닙니다. 가난한 사람들에게 가난을 약속하는 나라는 나라가 아닙니다. 그것은 전쟁 때나 있을 법한 일이지요. 그것은 적을 향해 할 수 있는 가장 잔인한 짓이지요.

소쩍새가 울 때마다 뒤척이고, 뒤척일 때마다 소쩍새가 울어댑니다. 팔십 평생 농사만 짓고 살아온 우리 어머니를 생각하면 오늘 밤 어찌 잠을 이룰 수 있겠습니까. 텅 빈 고샅길을 생각하면 어찌 두 다리 뻗고 잠들 수 있겠습니까. 저 소쩍새 울음소리를 들으며 농민들은 소쩍새 소리에 자기들의 삶을 고스란히 담았지요. 배가 고프면 소쩍새는 '솥 쩍, 솥 쩍, 솥 쩍쩍' 하고 솥이 금이 간다고 울고, 배가 부르면 '솥 꽉, 솥 꽉, 솥 꽉꽉' 하고 울었습니다. 배곯고 산 삶의 증거입니다. 한때를 보지 못하고 살아온 한 많은 삶의 표현이었지요.

농사는 우리 역사 속에서 우리들을 먹여 살리는 것 그 이상의 정신적인 중심을 잡아주었습니다. 허리를 굽혀 땅을 파서 씨를 뿌리고, 싹을 기다리고, 꽃피기를 기다리고, 결실을 기다리는 농부들의 그 삶은 성스러웠습니다. 때로 나는 그런 그들의 모습 속에서 성자의 모습을 보곤 했습니다. 그 아름답고 성스러운 모습들이 사라지면서 나는 농촌에 사는 것이 기쁨이 아니라 고통이었습니다. 들을 건너가는 커다란 다리는 수천 년 마을의 풍광을 부수어버립니다. 들을 건너가는 엄청난 다리와 길들을 내기 위해 여기저기 파헤쳐지는 논과 밭, 죽어가는 강물을 보며 나는 괴롭고 고통스러웠습니다. 농사를 빼앗긴 사람들에게 가해지는 모질고 가혹한 개발 논리는 농촌을 더욱 황폐화시킵니다. 이번 정권은 농촌, 농업, 농민의 숨통을 아주 끊어놓겠다는 생각이 확실해 보입니다.

쓰러져가는 빈집 위로 풀들이 자라고 마당에 자라는 잡풀들은 지붕을 넘어갑니다. 쓰러져가고 허물어지는 새마을 슬레이트 지붕 위로 서럽게도 살구꽃이 피어납니다. 아무도 없는데, 오래오래 그 집 주인은 소식도 없는데 그 집 지붕 위로 달이 뜨고 살구꽃이 피어납니다. 허물어진 돌담에 기대어 환하게 핀 살구꽃 사이로 걸어가는 허리 굽은 농부들의 모습은 왜 그리 서러운지요. 그 집 뒤안 우물가에 핀 앵두꽃은 볼 때마다 어찌 그리 목이 막혀오는지요.

내가 근무하는 초등학교 주위에는 지금 꽃 사태가 났습니다. 하루가 다르게, 시간 시간이 다르게 온갖 꽃들이 피어나 나를 놀라게 합니다. 자고 일어나보면 느닷없이 앞산이 훤하게 산벚꽃이 피어 있고, 길을 가다가 뒤돌아보면 눈길 가는 곳에 봄맞이꽃, 제비꽃, 시루나물꽃, 현호색이 피어납니다. 그 꽃이 너무 눈에 선해서 되돌아가 봄맞이꽃 앞에 앉아 희고 작은 꽃잎을 들여다봅니다. 작고 흰 꽃잎이 네 장입니다. 어쩌면 이렇게 작은 것들이 꽃을 이렇게나 예쁘게 피울 수 있을까. 그 추운 겨울 꽁꽁 언 땅 속에서 얼어 죽지 않고 살아 이렇게 작은 꽃을 피우다니, 장하기도 합니다. 다시 일어나 걷다 뒤돌아보면 어느새 노란 꽃다지가 봄바람을 맞으며 종종종 따라옵니다.

이렇게 눈 줄 데 없이 천지간에 봄꽃들이 피어나면 어머님은 꽃들을 바라보며 "꽃만 피면 뭐 헌다냐. 사람이 있어야지." 하셨지요. 그러면 저는 "봄날에 저렇게 꽃이라도 펴야지요, 어머니." 하곤 했습니다. 그러나 올 봄 나는 어머님에게 '꽃이라도'라는 말을 할 수가 없습니다. 정말 꽃만 피면 뭐 한답니까.

출근을 해보니 학교 운동장에 벚꽃이 꽃구름처럼 만발해 있고, 아이들이 그 꽃 속에서 뛰어놉니다. 천국 같은 그림입니다. 교실에 들어와 창밖을 보니, 벚꽃 사이로 보이는 강 건너 마을이 어제와 다르게 보입니다. 온몸에서 힘이 다 빠져버린 것 같은 마을 풍경을 보며 나는 가슴속에 낀 검은 구름을 걷어내지 못합니다. 내 평생 저 풍경을 바라보며 살았습니다. 그러나 지금은 서러워서 너무나 서러워서 엉엉 울고 싶습니다.

꽃피고 새 우는 이 좋은 봄날, 나는 여러분에게 꽃피어 좋다는 소식을 전하지 못합니다. 우리 농민들에게 지금 저 꽃들은, 꽃이 아닙니다. 서러움입니다.

> 지칭개야 지칭개야
> 나주사탕 지칭개야
> 매화 같은 울 어머니

떡잎 같은 나를 두고

몃장이불 둘렀던가.

　배고픈 봄날, 어머니가 지칭개라는 나물을 캐며 불렀던 나물노래입니다. 이 노래는 아직 끝나지 않았습니다.

봄날은 간다

다시 5월입니다.

연두색에서 초록으로 건너가는 산천은 푸릅니다. 저 푸른 산천 속에서 샛노란 꾀꼬리가 울며 치솟습니다. 푸른 산속에서 솟아올라 산을 건너며 우는 꾀꼬리 소리를 들으며 나는 놀라 아이들과 함께 유리창으로 달려갔지요.

남녘에서 저 북녘까지 봄꽃들이 한 차례 휩쓸고 지나간 산천에 마지막 봄꽃인 오동나무 꽃이 핍니다. 봄에 피는 꽃나무들은 잎보다 꽃이 먼저 나오지요. 다른 나무들이 일찍 꽃을 피우고 잎을 피우는 동안 오동나무는 무슨 일인지 감감 무소식으로 잎도 꽃도 없이 지내다가 잎 푸르러지는 5월 중순이면 느닷없이 보라색 꽃을 달고 나옵

니다. 연두색 반 초록 반을 섞어 비벼놓은 것 같은 산천에 보라색 오
동꽃은 눈이 부십니다. 우리 반 아이들에게 오동나무 꽃을 보고 글
을 써오라고 했더니 '작은 종' 같다고 써왔습니다. 오동나무 꽃은 어
른들 엄지손가락 첫마디만 한 보라색 종을 가지마다 조롱조롱 매달
아놓은 것 같이 핍니다. 오동나무 아래에 가서 오동나무를 흔들면
수많은 보라색 종소리가 세상에 울려 퍼질 것 같지요.

  아! 속절없이 가는 이 봄날, 우리 산천에 피는 꽃이 어디 오동꽃
뿐이겠습니까. 산을 둘러보면 지금 장엄한 산에 이팝나무 꽃이 피어
산과 사람들을 놀라게 합니다. 푸르러지는 산 위로 하얀 쌀밥처럼
봉긋 솟아나는 이팝나무 꽃과 구분이 잘 안 가는 꽃이 있는데 층층
나무 꽃입니다. 말 그대로 층층이 푸른 잎 위에 밀가루를 하얗게 뿌
려놓은 것 같은 꽃이 층층나무 꽃입니다. 가는 봄날의 꽃들은 어찌
저리 하얗게 눈이 부신지요. 깊은 산속 산딸나무 꽃도 하얗고, 아내
의 귀고리 같은 때죽나무 꽃도 대롱대롱 하얗고, 배고픈 어린 날 동
생 젖 먹이러 보리밭 매는 어머니를 찾아가며 따먹던 찔레꽃 꽃무더
기는 지금 보아도 해 저문 강 길에서 하얗게 슬프기만 합니다.

  나는 인생을 잘 살아왔다고 생각하는 사람입니다. 스물두 살 때
내가 태어나고 자란 곳에서 초등학교 선생을 시작해서 이순이 다 되
도록 그곳에서 선생을 하며 살았지요. 내가 살고 싶은 대로, 내가 살
고 싶은 삶을 나는 살고 있다고 생각하며 삽니다. 이렇게 봄이 속절

없이 가는 어느 날 나는 유리창에 턱을 괴고 앉아 아이들이 뛰노는 운동장과 오래오래 눈에 익은 산천을 바라보며 내 어쩌다가 선생이 되어 이렇게 어린아이들 앞에 섰으니, 여기 이 자리에서 머리가 하얗게 늙어가면 어떨까, 한 번뿐인 인생, 그런 삶도 아름다울 수 있겠다는 생각을 했을 것입니다. 아니, 그랬지요. 무슨 일을 하며 사느냐가 중요한 게 아니라 어떻게 사느냐가 더 중요하다는 생각을 했습니다. 아마 내가 시골에서 선생을 하며 살 수밖에 없는 이런저런 처지를 합리화하고 미화했는지도 모르지요. 그러나 그 생각은 날이 갈수록 내 믿음이 되어갔습니다. 아이들 속에서 사는 날들이 아름다웠지요. 살 만했습니다.

만원버스를 탔을 때 어떤 사람은 자리에 앉으려고 할 것이고, 어떤 사람은 그냥 조금 불편하더라도 서서 가려고 할 것입니다.

그냥 서서 가기로 했습니다. 자리에 앉아서 가야겠다고 한 사람은 자리만 보이기 때문에 자리에 앉은 사람이 미워질 것입니다. 집에 갈 때까지 자리만 보이겠지요. 아니, 자리를 찾다가 자기가 내려야 할 곳을 놓칠지도 모릅니다. 그러나 나는 일찍 자리에 앉아 갈 생각을 버렸으므로 내 앞에 앉은 사람들이 자세히 보였습니다. 자세히 보면 이 세상에 아름답지 않은 것이 없지요. 더 자세히 보면 세상의 길이 보이고, 옳고 그른 것이 보입니다. 내 눈에는 창밖의 나무와 산과 꽃과 새가, 세상의 모든 것들이 다 자세히 보였습니다. 너무 자세히 보다 보니, 수많은 생각들이 일어나서 그 생각을 정리했습니다. 그게 내 인생이 되고 글이 되었던 셈이지요.

삶은 결국은 자기를 자기가 자세히 보며 잘 가꾸며 사는 일이 아닐까요. 세상의 길가에 서 있는 한 그루 나무처럼 말입니다. 그런 생각을 하며 나는 일찍 그냥 내가 태어나고 자란 곳에서 이 아이들과 살아가리라 마음먹고 살았는데, 마침내 그렇게 된 것입니다.

나는 내 삶에 여한이 없는 사람입니다. 젊은 나이에 하고 싶은 일을 정하고 지금까지 그렇게 내 생을 꾸려왔으니 더는 무엇을 바라겠습니까. 그러나 다만 요즘 들어 한 가지 내 생에서 아쉬운 것이 있으니, 술입니다.

나는 벗이 많지 않습니다. 푸른 청춘이 종잡을 수 없이 소용돌이치던 문학청년 시절에 나는 나 홀로 고향에서 지냈지요. 기대고 부서지고 망가져야 할 그리움과 외로움이 너무 홀로 깊이 자리를 잡은 것인지도 모릅니다. 혼자 오래 살다 보니, 술을 배우지 못했지요. 술에 거나하게 취해 모든 것 다 버리고 바람 타는 실버들처럼 흥얼흥얼 흥청망청 생을 허비할 때도 있어야 하고, 술에 취해 도도해져서 저 장엄한 5월 산천과 맞서는 배짱도 있어야 하고, 저무는 산을 데리고 마주앉아 한잔 들게, 또 한잔 들게, 하며 취하기도 해서 그 자리에 쓰러져 날리는 꽃잎들을 따르며 잠들기도 해야 하는데, 나는 그러질 못한 것입니다.

한 꽃 지고 한 꽃이 피는 봄날 저녁입니다. 푸른 어둠이 5월 산천을 덮으면 산은 장엄하고도 우아하게 솟아오릅니다.

산이 나를 보라 하네.
물이 나를 보라 하네.
보라색 오동나무 꽃 종소리가 가는 봄날을 잡을 수 있는가.

덧없고, 부질없고도 부질없는 게 인생이지요. 사람이 세상에 태어나 한평생 이룰 것이 무엇이고, 그 이룬 것들이 세상 사람들에게 얼마나 유용할까요.

사람들아! 또 산이 나를 보라 한다. 물이 나를 보라 한다. 산 아래 앉아 벗을 불러 앉혀놓고 한 잔 들게, 또 한 잔 들게. 산이 나를 데려가든, 꽃이 나를 데려가든, 그냥 놓아두고 한 잔 술을 권할 벗이 있다면, 문학과 역사와 철학을 논하고 시와 글씨와 그림을 이야기할 친구가 있다면, 그 벗을 지금 불러오게나. 오늘 곡식 거둘 일을 걱정하고 내일 씨 뿌릴 일을 걱정하는 그런 벗이 없다면, 아! 오동꽃나무 아래에 가서 오동나무를 흔들어 보라색 종소리를 들으며 산이 나를 데려갈 때까지 홀로 취하라. 벗 없어도 일없다. 내 잔에 내가 술 따르는 소리 따라 오동꽃이 피고 오동꽃이 지는 소리를 들으며 저 저잣거리에서 들려오는 같잖고 째째한 것들의 잡소리를 뒤로하고 오늘은 오동꽃 피는 산 아래 앉아 거나하게 취하리라.

나는 정말 그러고 싶답니다.

저 봐라! 연두색에서 초록으로 건너가는 그 사이 꾀꼬리 울며 솟고 연보라색 오동꽃 핀다. 산이, 물이 나를 보라 한다. 아! 봄날은 간다.

배는 돌아오리라!

밤이 올 때까지

하루 종일 집에 혼자 있었다.

아이들이 장난감 총을 들고 뛰다가 은폐물 뒤에 숨어

삥요, 삥요 하얀 총알들을 쏘아댄다.

앞산과 뒷산 사이

고향 마을 작은 논밭에 찬바람이 불고

하루 종일 동네는 비어 있을 것이다.

바람이 앞산을 지나가면

텃논 지푸라기들이 머리칼을 곤두세우며 끌려 다니고

참나무 잎들은 수런거리며

앞 강물을 흔들 것이다.

저녁이면 잔물결이 살얼음이 되어 강을 조인다.

눈발이 강물로 날린다.

들에서 손과 발을 거두어들인 농부들은 따뜻한 아랫목

이불 속을 찾아 몸을 묻으리라. 한 해 묵은 씨앗이 되리라.

농부들의 밤은 길고 새벽을 더듬는 손과 발은 흙에서 오래도록 전통이다.

지난 가을 어머니는 땅 위로 파랗게 솟은 무를 뽑아 하얗게 채를 썰고 파란 무 잎을 뭉텅뭉텅 잘라 넣고 고춧가루를 뿌려 벌겋게 생채를 만들어 술밥처럼 고실고실한 햅쌀밥과 함께 비볐다. 고춧가루를 몸에 바른 싱싱한 무 잎은 밭으로 도망갈 것 같았다. 콧등에 땀이 솟았다. 무 뽑힌 움푹한 땅에 마른풀잎들이 모이고 양지쪽에서는 바람 부는 햇살에 곶감이 마른다. 아! 어머니 얼굴같이 바람과 햇살로 마른 곶감은 달다.

아버지는 달빛으로 지붕을 일 나래를 엮어 마당에 세워두었다. 어린 형제들이 나래 사이에서 숨바꼭질을 하는 동안 참새들은 나래 위에 내려 앉아 벼 알을 찾으며 놀았다. 어머니는 무청을 자르고 텃밭에 구덩이를 파고 무를 캄캄하게 묻었다. 밤이 왜 이리 긴가. 자다가 일어나 밖을 보고, 자다가 일어나 또 밖을 본다. 아버지가 오실 때가 되었는데, 산에 간 아버지가 오실 때가 되었는데……. 등 넓은 아버지는……. 캄캄한 무 구덩이 속에서도 무순은 빛을 찾아 자란다.

지구의 저쪽에서는 아이들이 굶어죽고, 지구의 이쪽에서는 어른들이 배 터져 죽는다. 돈이 지구를 흔든다. 돈의 음모, 돈의 잔혹, 돈의 탐욕, 돈의 배반, 돈의 전쟁, 돈의 야만, 돈의 타락, 아, 돈! 돈! 돈! 돈! 돈짝이 된 얼굴들.

배부른 자들은 배고픈 아이들 손에 쥔 마른 빵조각을 빼앗기 위해 음모를 꾸민다. 총구는 사람들을 향해 정조준되어 있다. 사랑은 낡았다. 인류는 한 가지 사랑으로 너무 오래 살았다. 혁명의 시대는 가고, 시인들은 쓰레기를 뒤져 팔 것을 찾는다.

지구는 가물고

바다는 차오른다.

흙이 모래가 되고 나무와 풀잎이 타 죽는다.

땅을 허물고 강의 길을 돌릴 때

고통이 낳은 자식들은 길을 잃고 강둑에 서서 목메어 운다.

나비들은 피를 말리며

강물 위를 난다. 아이들아, 가난하여라! 마른 나뭇잎들이 강물 위에 뜬다.

처녀들의 맨발은 흙속에서 아름답다. 땅은 사랑을 키우고 꽃을 키운다.

사랑하라. 사랑하라. 사랑하여라. 또 사랑하라.

처녀들이 저녁을 맞으러 맨발로 강을 건너간다.

나비처럼 날개를 적시며 강을 건너간다. 다쳐도 나는 나비여! 깊은 상처로 나는 나비여! 눈부시게 아름답구나. 이별은 생 전체를 뒤적이게 하고 그 뒤적임이 생살을 파는 구나. 그 쓰라림이 이렇게 멀고도 아득하게 외로울 줄을, 사랑할 때 어찌 알았겠느냐.

삼단 같은 머릿결은 날려 강물에 닿으리. 새로 오는 봄이면 푸른 벌레를 입에 물고 강을 건너 잎 넓은 가랑잎 사이 새로 지은 집을 찾아 날아드는 작은 새를 나는 보았다네.

때로 시골길을 자박자박 걸을 일이 생긴다. 너를 만나려면 나는 네가 보았던 나무와 산과 강과 들, 그리고 네가 밟았던 달빛을 밟으며 걸어가야 한다. 강물을 옆에 두고 너는 지붕이 낮은 집에 산다. 빨래를 이고 강으로 갔다가 오고, 일상을 털어낸 흰 빨래를 바람과 햇살 속에 널어놓고 너는 키 발 딛고, 하늘이 높지만

신발 뒤꿈치에 고인 아! 그리운 햇살, 구름은 높고 바람은 네 머리칼을 날린다.

두렵다. 빛나는 얼굴, 산에 비치는 네 뒷모습은 사랑하여 두렵고 겁난다. 사랑은 등 뒤에서 오래 운다.

새들이 자기가 지은 집에서 새끼를 길러 날려 보내고 작은 나뭇가지를 찾아 날아가는 동안

사람들은 사막에 집을 지을 것이다.

어떤 이는 집이 좁다고 넓힐 것이고

어떤 이들은 하늘이, 허공이 내 것이라고 집을 높일 것이다.

그리고 또 어떤 이들은 우주로 간다.

자루에 담긴 콩은 아랫목에서 해와 달과 바람을 안고 어머니와 함께 오래 잔다.

나는 두려움이 없다. 시가 내 안에 있어서, 해와 달과 바람과 비가 들이칠 내 안에 씨가 있어서. 찬란함은 늘 삶과 죽음, 그 양면의 빛이다. 새삼스럽지만 내가 다다른 곳이 늘 처음이었다. 나는 이제야 예의를 배운다.

더 두고,

더 먹고,

더 가고,

더 살려고,

삶을 늘리지 말라. 사람들은 어제의 걱정을 도로 가져오고 내일에서 근심을 미리 사온다. 그리고 오늘은 제 무덤을 제가 판다. 뭣들 하느냐? 하는 짓들이 벌레만도 못하구나. 길가에 돋은 풀잎 하나를 보지 못하고 도대체 살면 우리는, 도대체 무엇이냐? 눈물이 고이는가. 귀먹고 눈멀었구나. 차라리 가난이 낫다. 지구는 마른 풀잎들을 잡고 저 혼자 돌아간다. 사막이다. 풀이 자라지 못할 먼지가 입 안 가득 고이리라. 모래는 아무것도 잡지 못한다.

바람을 다오. 바람아, 꽃이 피는 봄바람을 불러오너라!

희망의 끝을 찾기가 이리 힘이 드는데, 절망의 끝은 어디인가. 어머니는 호롱불 끝에서 실 끝을 찾아 바늘에 실을 꿰었다. 어머니의 밤은 얼마나 깊었을까. 보이지 않는다고, 실 끝을 태우지 말라.

할머니는 이가 없었다.

깊고 깊은 겨울밤이면 어머니는 텃밭 무 구덩이 속에서 무를 꺼내다가 누런 놋숟갈로 무를 긁어 할머니 입에 넣어주었다. 긁히면서 무에서는 시원한 물방울들이 하얗게 튀었다. 분말가루 같은 작은 물방울들은 호롱불 주위를 부유했다. 희미하게 무지개가 떴다가 사라지고, 무지개가 떴다가 희미하게 사라지며 무는 깊이 파였다. 흰 무속을 다 긁어먹으면 무는 작은 배가 되었다. 어머니는 배가 된 무속에다 노란 콩을 가득 넣어 어둠 속 멀리 떠나보냈다. 며칠이 지나면 무는 푸른 모자를 쓴 콩들을 가득 싣고 우리 집까지 흘러들어와 문턱을 탁탁 들이받았다. 눈을 뜨라!

춥고 어두운 겨울 바다 끝에서

해를 싣고 집을 찾아오는 외로운 배여!

마침내

배는 돌아오리라!

우리는
마음

초판 1쇄 인쇄 2009년 4월 21일
초판 1쇄 발행 2009년 4월 27일

지은이 | 김용택
펴낸이 | 이기섭
편집주간 | 김수영
기획편집 | 김윤희, 조사라
마케팅 | 조재성, 성기준, 김미란, 한아름

펴낸곳 | 한겨레출판(주)
등록 | 2006년 1월 4일 제313-2006-00003호
주소 | 121-750 서울시 마포구 공덕동 116-25 한겨레신문사 4층
전화 | 마케팅 02-6383-1602~3, 기획편집 | 02-6383-1607~9
팩스 | 02-6383-1610
홈페이지 | www.hanibook.co.kr
이메일 | book@hanibook.co.kr

ISBN 978-89-8431-329-3 03810